Sexuelle Gefälligkeiten

Die Frau bei Karstadt

Bombe im Keller

Im Jahre 2027

... alles gelogen

Alles übertrieben, alles nur Wortgeklingel. – Wer hat so etwas nicht schon einmal bei der Lektüre eines Leitartikels in der Zeitung gedacht? Traurig, die armen Großkommentatoren, die alles erklären und die Welt retten könnten – wenn sie nur dürften. Aber es fragt sie ja keiner wirklich.

„Wahrheit ist die Erfindung eines Lügners", hat der Physiker Heinz von Foerster einmal gesagt. Wenn es keine Lüge gäbe, so argumentierte er, wäre schließlich alles, was gesagt wird, wahr.

Recht hat er. Aber verhält es sich mit der Satire nicht ähnlich? Die richtige Einordnung von Ereignissen gehört zu den Königsdisziplinen des Journalismus. Was helfen Häppchen-Informationen, wenn sie nicht in einen Zusammenhang gestellt werden können?

Satire lebe von Übertreibung, von Zuspitzung, von Lüge, ohne die es keine Wahrheit gäbe, vom witzigen Wortspiel, wenn es bitterer Ernst ist. Sie hilft, wenn Dinge mal wieder vom Kopf auf die Beine gestellt werden müssen. Wenn Medien mit ihrem Alarmismus, mit dem Hang zur Skandalisierung oder zum Boulevardesken den Blick verstellen für das, was wirklich wichtig ist und was weniger.

Jeden Sonnabend erscheinen auf der aktuellen Meinungsseite der größten Zeitungsgruppe im nördlichsten Bundesland gleich neben den Kommentaren zum Weltgeschehen die „Zwischenrufe“ Hans Scheibners. Welch ein Gewinn. Wer die Satiren liest, wird über manches lachen, was ihm aus den Schlagzeilen der Medien todernst erschien – und umgekehrt.

Der große Gelehrte Nikolaus von Kues hat im 15. Jahrhundert das Phänomen des „Zusammenfalls der Gegensätze“ erklärt. Man stelle sich zum Beispiel einen Kreis vor, dessen Durchmesser ins Unendliche wächst. Der Mensch würde dann den Umfang nicht mehr als gebogene Linie, sondern als Gerade erkennen.

Bei Scheibners Satiren ist es ähnlich. Die Fantasie dieses brillanten Satirikers ist unerschöpflich – und oft ist er damit näher an der Wahrheit als all die wichtigen Kommentatoren.

Natürlich hat sich unser Hamburger „Lästerlyriker“ auch mit den aktuellen Plagiatsfällen befasst, über die etliche Politiker stürzten. Sollte dem einen oder anderen Prominenten eine kleine Schummelei beim Abfassen der Doktorarbeit nachgewiesen werden, so empfehlen wir eine Anzeige aus der Zeitschrift „Der

Leihbuchhändler" aus den 1960er-Jahren. Darin stand zu lesen:
„Bei Abfassung meines Romans ‚Die stolze Herrin' habe ich unter dem Eindruck des großartigen Romans ‚Müde gekämpft' von Leni Behrendt gestanden, und es ist mir dabei leider unterlaufen, Passagen aus diesem Roman zu übernehmen. Ich bedaure sehr, dass ich damit die Rechte von Frau Behrendt verletzt habe. Ellen Wenzel."
Das war keine Satire. Aber weil die Dinge nicht immer so klar liegen, brauchen wir Scheibner. Wie schön, dass es dieses neue Buch von ihm gibt.

Stephan Richter
Sprecher der Chefredakteure
der Zeitungen der
medien holding: nord GmbH

… alles so schön beknackt hier

Meine Tochter trägt jetzt so sportliche Schuhe, die haben keine Schuhbänder. Aber die Löcher für die Schuhbänder sind obendrauf. Ich hab sie erst gefragt, warum sie die Schuhe nicht zuschnürt. „Papa, du bist doof", hat sie gesagt. „Das gehört so, das ist schick." Ich sag: „Aber wenn du sowieso keine Schuhbänder brauchst, wozu brauchst du denn noch die Löcher für die Schuhbänder?" – „Oh, Papa, du nervst", sagt meine Tochter. „Das soll so sein, das sieht gut aus."

Oh, verdammt, man muss so aufpassen, dass man immer auf der Höhe der Zeit ist. Ich hab mich oft in meinem Leben über Schuhbänder geärgert. Bin drüber gefallen oder sie sind dauernd aufgegangen. Jetzt braucht man keine Schuhbänder mehr. Wie schön, dass ich das noch erleben durfte.

Hans Scheibner
Hamburg, im November 2012

1 Aufschwung nach unten

Auf zum neuen Planeten!

Hallo, Religionsstifter, Ländereroberer, Menschheitsbeglücker, Abenteurer, Militärbefehlshaber: Es gibt was zu tun! Ein neuer unschuldiger Planet wurde entdeckt. Ihr müsst sofort aufbrechen, ihn zu erobern. Bestimmt wird der Planet Kepler-22b von lebenden Wesen bevölkert. Dann handelt es sich auf jeden Fall um Heiden, die dringend bekehrt werden müssen. Missionare, ihr müsst ihnen unbedingt eure Religion bringen, damit sie auch in euren Himmel kommen. Und überhaupt: Wenn sie verstockt und unbelehrbar sind, dann müsst ihr die Ungläubigen eben wieder ein bisschen foltern, dann klappt das schon. Bestimmt gibt es auf 22b noch unermessliche Bodenschätze, Gold, mit dem die Eingeborenen ihre Götzen abgebildet haben.

Hurra, Hurra! Holt es euch, Eroberer, und wenn sie es nicht freiwillig herausgeben wollen, dann schlagt ihnen die Köpfe ein, ist doch kein Problem, das habt ihr doch immer so gemacht. Natürlich haben sie auf 22b noch nicht mal das Pulver erfunden, kein Telefon, kein Musikantenstadl, keine Autos, keine Atombomben, kein DSDS, nicht mal die BILD-Zeitung. Das müssen wir dann aber bitteschön sofort ändern, wir müssen ihnen die Zivilisation bringen, den Fortschritt, die Technik, die Kaffeemaschine, die Pille und das iPhone! Der neue Planet 22b ist zwar sechshundert Lichtjahre von uns entfernt – Reisedauer circa zweiundzwanzig Millionen Jahre –, aber das schafft ihr schon irgendwie. Es eilt, ihr müsst sofort los! Sonst leben die da auf Kepler am Ende noch weiter friedlich und glücklich vor sich hin. Übrigens: McDonald's ist schon da!

Eine 5 in Geschichte?

Liebe Katharina Digel, Sie sind neunzehn Jahre alt und gehören zur SPD. Sie sollen als jüngste Wahlfrau den Bundespräsidenten wählen. Sie wollen Ihre Stimme Joachim Gauck geben. Demnächst sitzen Sie dann in der Abiklausur oder in einer Aufnahmeprüfung. Da möchte ich Ihnen schnell einen Tipp geben. Sollte auch in der Prüfung das Thema Neue Deutsche Geschichte drankommen, machen Sie bloß nicht wieder so einen dummen Fehler wie im ARD-Morgenmagazin.

Auf die Frage der Moderatorin, warum denn Beate Klarsfeld für Sie nicht in Frage kommt, antworteten Sie: „Ich denke, dass eine Bundespräsidentin nicht schon vor ihrer Wahl anderen Politikern ins Gesicht gespuckt haben sollte. Auch eine Bundespräsidentin sollte anderen Leuten gegenüber Respekt gezeigt haben."

Beate Klarsfeld, liebe Frau Digel, hat nämlich nicht gespuckt, sondern dem damaligen Kanzler Kurt Georg Kiesinger eine Ohrfeige gegeben. Sie machte damit die ganze Welt darauf aufmerksam, dass im Nachkriegsdeutschland ein Altnazi Bundeskanzler war. Durch diese Tat (und nicht durch wohlfeile Worte) ging mal wirklich ein „Ruck" durch Deutschland. Heinrich Böll schickte ihr damals fünfzig rote Rosen. Und auf dem Anrufbeantworter von Beate Klarsfeld meldete sich später eine bekannte Stimme mit den Worten: „Wunderbar, was Sie tun!“ Es war Marlene Dietrich.

Bundesfinanzquatsch

Wenn ich noch mal geboren werde, möchte ich unbedingt Finanzoberbeschrammter im Bundesfinanzdoof werden. Das müssen so lustige, verrückte Kerle sein! Die lachen sich jeden Tag über sich selber kaputt.

„Passt mal auf, Jungs", ruft Finanzrat Fallender Groschen, „heute machen wir mal wieder richtig Scheiß! Wir legen mal fest: Currywurst im Stehen kostet sieben Prozent Mehrwertsteuer, Currywurst im Sitzen neunzehn Prozent!" – „Wunderbar. Große Idee", ruft Finanzblödi Heiermann, „und was kostet Currywurst im Liegen?" – „Im Liegen?", feixt sich Finanzschwester Kleingeld eins und kichert. „Oh, davon träum ich doch schon jede Nacht. Eine große dicke Currywurst im Liegen. Vierundzwanzig Prozent Mehrwertsteuer!!" Alle Finandoofies wälzen sich auf der Erde vor Lachen.

„Aber dafür", meldet sich Finanzquatschkopf Steuerknüppel, „dafür senken wir dann die Mehrwertsteuer für Currywurst im Laufen auf fünf Prozent!" – „O ja, Currywurst to go! Das hatten wir noch gar nicht", freut sich nun wieder Finanzknallkopp Lockere Steuerschraube. „Was ist mit den Babywindeln? Immer noch neunzehn Prozent?" – „Ja, aber nur wenn die Babys sitzen. Windeln im Stehen nur sieben Prozent. Und wenn sie im Laufen eine Wurst machen – dann nur fünf Prozent!" – „Köstlich! Köstlich!", schreit Finanzdoofdirektor Bratwurst. „Kaviar bringt neunzehn Prozent!", ruft er fröhlich. „Aber wenn er nun aus dem Napf gefressen wird, und zwar auf allen Vieren und ohne Messer und Gabel?" – „Wau, wau", bellt Finanzfritze Sprunginderschüssel, „ja, dann ist er Tierfutter! Und das hat nur sieben Prozent!"

Und so biegen sie sich vor Lachen und kriegen sich kaum wieder ein. Und wir? Wir armen Irren sollen das alles ganz ernst nehmen!

Meine Doktorarbeit

Soeben habe ich meine Doktorarbeit „Das Wesen des Urheberrechts“ abgeschlossen. Hier meine Einleitung:

Man kann auf seinem Standpunkt stehen, aber man sollte nicht darauf sitzen, denn die Axt im Haus erspart den Zimmermann. Eines müssen wir immer bedenken: Die ersten Menschen waren nicht die letzten Affen. Denn wer seine Schwiegermutter totschlägt, kommt ins Zuchthaus, wer aber Hunderttausende umbringt, erhält ein Denkmal. Man kann sich nämlich auch an offenen Türen den Kopf einrennen. Und was die Kunst angeht: Musik wird oft nicht schön gefunden, weil sie stets mit Geräusch verbunden.

Im Übrigen: Vater werden ist nicht schwer, Vater sein dagegen sehr – denn Rotwein ist für alte Knaben eine von den besten Gaben. Und es ist meine Erkenntnis: Die schönsten Träume von Freiheit werden im Keller geträumt, denn wer zu viel bedenkt, wird wenig leisten. Letzten Endes müssen wir doch zugeben: Wir spielen am besten, wenn der Gegner nicht da ist. Und immer wieder hat sich bewahrheitet: Zeit ist das, was man an der Uhr abliest.

Gegen Ende meiner Arbeit weise ich dann nach: Geld allein macht nicht glücklich – es gehören auch noch

Aktien, Gold und Grundstücke dazu. Und was die Religion angeht: Gott ist nicht tot, sondern bloß beim Wort zum Sonntag eingeschlafen. Ich schließe meine Dissertation mit einer meiner Kernaussagen: Das Gute, dieser Satz steht fest, ist stets das Böse, das man lässt.

„Die Anfertigung dieser Arbeit war meine eigene Leistung."
(Zitat Karl-Theodor Freiherr von und zu Guttenberg)

Schredderei

Von allen Seiten diese hämische Kritik an unserem Verfassungsschutz. Da hat ein geheimer Verfassungsschützer mehrere Ordner mit Akten über die Neonazis geschreddert. Und alles regt sich darüber auf, dass dies ausgerechnet an dem Tag geschah, als bekannt wurde, dass es die Terrorgruppe NSU gab. Man vermutete deshalb, dass aus den Akten eventuell hervorgehen könnte, Mitglieder der Terrorgruppe (Zschäpe, Mundlos, Böhnhardt) hätten als V-Leute für den Verfassungsschutz gearbeitet – also praktisch in seinem Auftrag gemordet. Dann wäre das Schreddern der Akten zu begreifen gewesen. Nun stellt sich aber heraus, nein, diese Namen standen nicht in den Akten.

Aha, aber woher weiß man denn das, wo sie doch geschreddert waren? Ganz einfach aus ähnlichen Akten, die noch nicht geschreddert sind, und in denen stehen die Klarnamen der Terroristen nicht. Ja, wenn aber in den geschredderten Akten kein Name der Terroristen stand, wieso sind sie dann überhaupt geschreddert worden? Ganz einfach, weil beim Geheimdienst alles geheim bleiben muss – auch dass bestimmte Namen nicht in den Akten stehen, soll geheim bleiben und darum müssen die eben geschreddert werden.

Wie bitte? Warum denn dann die anderen Akten, in denen die Namen auch nicht standen, nicht geschreddert wurden? Na, ganz einfach, damit man beweisen kann, dass die Namen der Terroristen auch in den geschredderten Akten nicht standen.

Wer hat denn überhaupt die Akten geschreddert? Das war ein Referatsleiter, aber sein Name muss geheim bleiben. Sollte sein Name in irgendwelchen Akten auftauchen, wird er sofort geschreddert. Na ja – einige fordern ja auch schon: Am besten den ganzen Geheimdienst schreddern. Wäre zumindest konsequent.

Schwarze Gedanken

Die Exbischöfin Käßmann macht auch Werbung für moderne Särge. Sie sagt, ihr liege daran, dass Individualität möglich sei, auch beim Sterben. Ich hatte immer gedacht, es bleibt uns sowieso nichts anderes übrig, als individuell zu sterben. Jeder stirbt für sich allein. Aber sie meint wohl: Die Aussicht, dass man zum Schluss zum Beispiel in einem lustigen Sarg zu liegen kommt, die führt dazu, dass man schon ganz ungeduldig wird, wann man nun endlich einziehen darf.

Ja, wir leben in der dunklen Jahreszeit. Die Blätter sind schon abgefallen, die Bäume sind kahl. Viele Menschen gehen auf den Friedhof, um ihre geliebten Verstorbenen ein letztes Mal in diesem Jahr zu begießen. Die Inschriften der Grabsteine sollen demnächst auch etwas lustiger werden. Nicht immer nur „Hier ruht in Ewigkeit“ und so weiter. In Süddeutschland sah ich auf einem Grabstein den Spruch: „Hier liegt Heinz-Werner Überlingen – er lernte fast das Bungee zu springen.“ Da weiß man doch was über den Heinz-Werner. Gut gefallen hat mir auch die Auskunft über einen Organisten: „Hier liegt begraben unser Organist. / Warum? Ja, weil er gestorben ist. / Er lobte Gott zu allen Stunden. / Der Stein ist oben und er liegt unten." – Was mich selbst betrifft, ich werde mir auf meinen Stein meißeln lassen:

Hier ruhen meine Gebeine.
Ich wollte, es wären deine.

Alles Schwerverbrecher

Mein Gott, warum immer noch so halbherzig, meine Damen und Herren Arbeitgeber! Da wird eine neunundfünfzigjährige Sekretärin des Bauverbands Westfalen entlassen, weil sie in unverschämter räuberischer Absicht vom Büfett ihres Chefs zwei Brötchenhälften gestohlen und verschlungen hat. Aber mehr geschieht nicht. Wird einfach nur entlassen, diese rücksichtslose Diebin! Kommt nicht ins Gefängnis, muss nicht mit Geldstrafen in Millionenhöhe rechnen. Ja, verdammt, dann nützt das Ganze doch wieder nichts. Die findet doch bei irgendeinem anderen sentimentalen Arbeitgeber wieder eine Stellung – und dann passiert das Gleiche doch noch mal. Da klaut sie dann wahrscheinlich diese kleinen Kaffeemilchdöschen aus der Kantine oder sie frisst ihrem Chef irgendwelche Bonbons vom Schreibtisch.

Immer wieder lesen wir von diesen Verbrechen. Da fällt eine Bäckereimitarbeiterin über den Betrieb her, indem sie einen Bienenstich einfach in den Mund steckt und aufisst. Und nichts passiert, außer dass sie entlassen wird. Wie soll der Betrieb das denn verkraften? Dieser eine Bienenstich war doch der ganze Gewinn des Unternehmens, von diesem einen Bienenstich wurde das ganze Geschäftsführer-Monatsgehalt in Höhe von siebentausend Euro bezahlt! So eine Diebin muss unschädlich gemacht werden. Sonst stellt eine andere Großbäckerei sie wieder ein – und da frisst sie dann die Krümel vom Backblech auf! Oder Emily, die Kassiererin, löst für einen Euro dreißig Pfandbons ein. Und wird nicht zu Zuchthaus bis zu zehn Jahren verurteilt, sondern läuft immer noch frei herum. Aber der Supermarkt, bei dem Emily beschäftigt war, hat den Verlust von einem Euro dreißig immer noch nicht wieder aufgeholt!

Ja, so geht es doch nicht weiter, meine Damen und Herren da oben. Ihr müsst endlich dafür sorgen, dass solche Schwerverbrecher gnadenlos in Ketten gelegt werden.

Damit ein für alle Mal klar ist: Brötchen klauen, Frikadelle aufessen, Pfandbons einstecken – das sind die Schwerverbrechen unserer Zeit!

Bei Seehofer im Keller

Man darf um Himmels willen nicht alles glauben, was in der Zeitung steht. Manchmal fallen ja sogar hochintelligente Juroren darauf rein. Die hatten nämlich dem Journalisten Pfister geglaubt, dass er mit Horst Seehofer im Keller war und gesehen hat, wie der da mit seiner elektrischen Eisenbahn spielt. (Und vorn auf die Lok hatte Seehofer angeblich ein Foto von der Kanzlerin geklebt.)

Dafür haben sie ihm den Henri-Nannen-Preis verliehen. Nicht dem Seehofer, dem Pfister! Aber dann kommt raus: Der Pfister, der war gar nicht bei Seehofer im Keller. Da haben sie ihm den Preis wieder weggenommen. Aber nun mal ehrlich: Was sind das denn für Juroren? Die so naiv sind zu glauben, dass ausgerechnet Seehofer im Keller mit der Eisenbahn spielt! Das weiß doch nun jedes Kind: Wenn Seehofer in den Keller geht, telefoniert er natürlich mit seiner Ex-Geliebten: „Gib mir mal die kleine Anna, Schatzerl, der Papa is dran. Oh, Kruzifix, i leg wieder auf, die Karin kimmt die Stiegen nunter ..." Dann geht er an den Punching-Sack, der da unten hängt – (auf **den** hat er nämlich das Foto von der Merkel geklebt) –, und dann haut er immer wieder drauf auf den Sack und das Foto! „Da host was, Olde! Glaub ja net, ich geb a Ruh. I hau dir solang auf d' Goschen bis mi wieder gern host! Ohne mi und mei CSU bist nämlich nur a damische Krampfhenne un sonst nix." Und er gibt es der Merkel noch mal auf die Zehn und noch mal auf die Zehn. Ja, so sieht es nämlich bei Seehofer im Keller aus!

Machtposition

Tja, meine Herren Abgeordneten und Kandidaten im ganzen Land: Sie wollen also meine Stimme haben. Seit Wochen tänzeln und schwänzeln sie um mich herum, grinsen mich an und flöten mir zu: „Wir haben die Kraft! Wir wollen das bessere Deutschland! Wir wollen, dass Arbeit sich lohnt. Wir wollen Reichtum für alle. Also wähle uns doch. Wir brauchen deine Stimme. Bitte, bitte, bitte!"

Ja, mal sehen, meine Damen und Herren Kandidaten. Noch habe ich nicht gewählt. Noch kann ich mich für Sie entscheiden – oder auch gegen Sie. Noch bin ich der Souverän, ich, der Wähler. Noch habe ich die Macht, die ja bekanntlich vom Volk ausgeht.

Das ist ein schönes Gefühl, die Macht zu haben. Ich genieße es an diesem Tag, am Tage vor der Wahl. Geben Sie es zu, verehrte Kandidaten, vier Jahre lang haben Sie sich einen feuchten Kehricht um mich gekümmert. Sie waren ja ganz da oben – und wir, das dumme Volk, da unten. Aber alle vier Jahre geht es nicht anders, da müssen Sie sogar auf die Straße gehen und dem Pöbel die Hand geben (igitt), mit ihm sprechen, seine Fragen beantworten. Sogar ins Altersheim sind Sie gegangen, wo Sie sich sonst nie sehen lassen, und haben den Alten geholfen, den Wahlzettel auszufüllen ...

Noch, verehrte Kandidatinnen und Kandidaten, noch brauchen Sie mich. Heute noch müssen Sie freundlich sein zu mir und mir alles versprechen: goldene Zeiten, Freibier und gutes Wetter. Bitte, küssen Sie mir ein letztes Mal die Füße. Denn wenn ich erst meine Stimme morgen abgegeben habe, kennen Sie mich ja sowieso nicht mehr.

Bessere Menschen

Wie war das noch? Regierungspolitiker sind keine besseren Menschen? Darum haben sie auch keinen Anspruch auf den besseren Impfstoff ohne Nebenwirkung? Aber hallo! Natürlich sind sie alle bessere Menschen. Viel intelligenter, viel flexibler, viel begabter als Sie und ich. Menschen erster Klasse sind sie. Unsereiner muss doch erst mal zwei Jahre zur Umschulung, wenn er – sagen wir mal – technischer Zeichner bei Siemens war und jetzt Pförtner bei Tchibo werden kann. Wenn man aber zum Beispiel Verteidigungsminister war und am Hindukusch für das Vaterland Tanklastzüge bombardieren ließ, um die Taliban zu dezimieren, dann kann man trotzdem in Minutenschnelle Arbeitsminister werden. Denn niemand zweifelt daran, dass es so einem auch ohne Weiteres gelingen wird, die Arbeitslosen zu dezimieren. Umschulung? Nicht nötig. Oder umgekehrt: Da läuft einer eben noch als Wirtschaftsminister rum und blickt ohne Furcht in den alles verschlingenden Abgrund einer billionenfachen Staatsverschuldung – tut nichts weiter als seinen feinen Anzug umherzutragen –, trotzdem kann er in Minutenschnelle umsteigen und seinerseits Deutschland am Hindukusch verteidigen und Afghanen bombardieren lassen.

Oder würden Sie es sich zutrauen, mit vierundsechzig Jahren noch Wirtschaftsminister zu werden? Nein, Sie sind ja schon längst arbeitslos. Wenn Sie aber ein Brüderle sind, schon einen leichten Tadderich haben und beim Sprechen nur so vor sich hinmümmeln, weil Sie die Konsonanten nicht mehr aussprechen können – dann müssen Sie nicht in die Reha –, nein, dann werden Sie Wirtschaftsminister, denn das kann ja jeder andere Trottel auch werden. Sie sind ein besserer Mensch!

Und was höre ich? Sie sind Professor für Staatslehre und Demokratie und wären gerne Innenminister? Sie möchten auch mal gerne alle Bürger beschnüffeln, online alle durchsuchen und ausziehen? Tut mir leid – da müssen Sie erst mal ein Diplom machen – als Angela-Günstling.

Und das werden Sie nur, wenn Sie einer Frau Merkel mal in der DDR auf den Presse-Sessel Ihres Cousins geholfen haben. Ja, als Familie muss man zusammenhalten – dann ist man auch sofort ein besserer Mensch. Es muss nur die richtige Familie sein. Dann macht es auch nichts mehr, wenn Sie aus dem Sachsen-Sumpf kommen …

Und nun sehen wir uns mal voller Bewunderung die Angela selber an. Natürlich ist sie ein besserer Mensch.

Ein normaler Mensch könnte doch keine Nacht mehr ruhig schlafen, wenn er versprochen hätte, die Kopfprämie kommt nicht – und zwei Tage später will er sie einführen, die Kopfprämie. Sie aber, die Angela, braucht das sogar. Nur wer Versprechen tatsächlich halten will, kann nicht gut schlafen. Aber wer von vornherein weiß: Äääätsch, ich führ euch alle an der Nase rum – ja, der kann ganz prima schlafen. Denn er hat gelogen und ist somit also mit sich selbst vollkommen im Reinen.

Ja, das sind die besseren Menschen, meine Freunde. Und die müssen mit dem Impfstoff geimpft werden, bei dem es keine Nebenwirkungen gibt. Denn Nebenwirkungen verbreiten diese Leute ja nun wirklich schon genug – verheerende.

Bankräuber

Eine wirklich tröstliche Meldung, die man genießen sollte: In England haben drei Jugendliche einer alten Dame (67) die Handtasche gestohlen. Das ist ja nun wirklich ein böses Verbrechen. Dagegen ist eine Milliardenpleite oder das Verzocken von Millionen anvertrauter Bankeinlagen heutzutage geradezu ein Kavaliersdelikt, das auch nicht besonders verfolgt wird.

Die alte Dame saß auf einer Bank in Torquay. Sie hatte die Handtasche neben sich, locker in der Hand. Die drei Teenager kamen scheinbar harmlos vorbeigeschlendert – aber plötzlich entrissen sie der alten Dame die Tasche und liefen davon. Doch was dann geschah, war sensationell. Die alte Dame nämlich sprang auf und rannte hinter den Jugendlichen her. Und die bekamen plötzlich Panik. Denn die Alte kam näher und näher und näher. Nach hundert Metern hatte sie sie eingeholt und hielt den Jungen, der die Tasche hatte, fest. Wie sollten die armen Handtaschendiebe auch wissen, dass die alte Dame einmal Crossläuferin gewesen war und viele Preise errungen hatte.

Die Jungen waren total erschrocken, gaben ihr sofort die Tasche zurück und bettelten um Gnade. Die alte Dame ließ sie gehen.

Was lernen wir daraus?

Dies ist endlich mal ein Fall, wo jemand sein Geld auf der Bank hatte und es dann auch tatsächlich vollzählig zurückbekommen hat.

Halbmast

Na, Gott sei Dank: Die Rettungspakete sind gerettet. Das Verfassungsgericht hat entschieden: Ja, es ist in Ordnung, dass Griechenland hundertsiebzig Milliarden Euro Kredit von uns bekommt, damit es nicht Konkurs anmelden muss. Und das soll gern auch in Zukunft wieder so sein. Nun gibt es natürlich Geschrei in der deutschen Bevölkerung: „Hilfe! Warum sollen wir für die Schulden der Griechen aufkommen? Was haben wir davon? Wieso dürfen die einen Schulden machen und weiter gemütlich ihren Ouzo trinken – und wir Deutschen müssen immer nur arbeiten und arbeiten? Warum?" – Na, ganz einfach: Weil wir so alle am glücklichsten sind. Und es geht doch um Europa und dass alle Europäer zusammen glücklich werden! Seien Sie doch mal ehrlich: Für den deutschen Menschen gibt es kein größeres Glück als seine Arbeit! „Schaffe, schaffe, Häusle baue!", nennen das die Schwaben. „Erst die Arbeit, dann das Vergnügen!", sagt jeder hier im Lande. Darum ist es gut und richtig für uns, dass wir weiter ranklotzen müssen, um die Schulden der Griechen und anderer zu bezahlen – für Leute, die eben die Arbeit nicht so furchtbar lieb haben wie wir. Wir Deutschen wären doch kreuzunglücklich, wenn wir von morgen an wie die Griechen leben müssten: Fröhlich vor der Taverne sitzen bei einem Gläschen Ouzo oder einem Glas Retsina. Das halten wir doch gar nicht aus! Der Oettinger hatte doch vorgeschlagen, die Griechen sollten ihre Fahne auf halbmast hängen wegen ihrer Schulden. „Aber gerne", sagen die Griechen. „Wenns weiter nichts ist?" Und so sind wir dann alle beide glücklich.

Begriffen?

Von wegen deutsche Politiker hätten keine neuen Ideen mehr! Ich sage nur: Herdprämie! Das ist doch die geniale Lösung für die Gleichbehandlung von Arm und Reich. Eltern, die keinen Kita-Platz haben wollen oder keinen finden, sollen die „Herdprämie" erhalten. Allerdings nur dann, wenn sie nicht arbeitslos sind oder etwa Hartz-IV-Empfänger!

Da stutzt der ahnungslose Bürger: Was ist los? Die, die sowieso wenig haben, sollen auch keine Unterstützung bekommen, sondern nur die, die wenigstens ein Einkommen haben – oder sogar Riesengehälter beziehen?

Aber gewiss doch! Jedem ist doch klar: Arbeitslose sind alle Trinker und Fixer und dauernd besoffen. Wenn man denen nun hundertfünfzig Euro obendrauf zahlt, versaufen sie die auch noch! Außerdem, so argumentieren Seehofer und Genossen liebevoll: Die Hartz-IV-Empfänger kriegen die Prämie natürlich wie alle andern – sie wird aber gegen das Arbeitslosengeld verrechnet. Da fragt der staunende Bürger: Und bei den Großverdienern nicht? Nein, natürlich nicht! Großverdiener merken es doch gar nicht, ob sie nun hundertfünfzig Euro mehr oder weniger haben. Aber der Arbeitslose, der merkt es. Der Staat hält ihm sozusagen die hundertfünfzig Euro vor die Nase: Guck mal, die könntest du kriegen für deine Kindererziehung. Darum nehmen wir sie dir auch gleich wieder weg, damit du den Ehrgeiz behältst, auch mal Großverdiener zu werden.

Und die Großverdiener? Na ja, die sind ja sowieso nicht zu retten. Die prassen und trinken den ganzen Tag Champagner. Denen geben wir das Geld sozusagen als Ausdruck unserer Verachtung. Haben Sie das jetzt begriffen? Ich auch nicht.

Humankapital

Deutsch ist so eine schöne, vielseitig zu verwendende Sprache. Ja, die muss unbedingt ins Grundgesetz – forderte Walter Krämer, Vorsitzender des Vereins Deutsche Sprache. Und das ist doch nun wirklich eine gute Sache. Wie markig, unverwechselbar und klar ist doch unsere geliebte Sprache. Die muss doch geschützt werden und alle ihre herrlichen Ausgeburten dazu:

„Die Entlassungsproduktivität konnte in unserem Tätervolk erheblich gesteigert werden, sodass das Humankapital sich immer mehr zu seinem sozialverträglichen Frühableben entschließen wird." Diesen Satz verstehen Sie nicht richtig? Also, hören Sie mal, das ist ein Satz in deutscher Sprache. Man könnte das Ganze natürlich auch etwas direkter ausdrücken, zum Beispiel: „Die Unternehmensleiter sparen in Deutschland Personalkosten ein, indem sie möglichst viele Leute entlassen, wodurch dann die Zahl der Selbstmorde steigt." Aber das würde ja zu einem Aufschrei der Empörung führen. Das kann man doch mit der deutschen Sprache durch so eine geschickte Formulierung vermeiden.

Oder angenommen mal, jemand hat in den letzten Wochen sein Vermögen verloren, weil seine Bank ihm faule Wertpapiere verkauft hat. Da könnte er zu seiner

Frau sagen: „Infolge der Gewinnwarnung meiner AG sind wir zu einer Verschlankung unserer Familienplanung gezwungen, sodass ich dich bitte, die Kreation des in dir wachsenden Zellhaufens erst noch in die Warteschleife zu legen." Soll heißen: Weil wir weniger Geld haben, bin ich für eine Abtreibung. Aber so sagt man das doch nicht.

Da gibt uns die deutsche Sprache das Instrument der milden Schonwörter. Frau Merkel will aber die deutsche Sprache nicht ins Grundgesetz nehmen. Sie glaubt eben, ein „Outsourcing" der deutschen Sprache ins Grundgesetz könnte ihr „Langlebigkeitsrisiko" gerade in unserer „durchrassten Gesellschaft" intensivieren.

Lied von den wahren Armen

Wer viel besitzt, dem darf man nichts wegnehmen,
er steht dafür, dass Leistung sich auch lohnt.
Wenn Geld gebraucht wird, holt man es von denen,
die kaum was haben. Die sind das gewohnt.

Wer keine Arbeit hat, der muss auch nicht viel essen.
Er ruht sich sowieso nur meistens aus.
Nur wer im Wohlstand lebt, hat höhere Interessen.
Enorme Kosten macht ja so ein großes Haus.

Du glaubst ja gar nicht: Eine Jacht im Hafen,
wie viel Liegeplatzgebühr man zahlt dafür.
Wer keine Jacht hat, kann auch ruhig schlafen:
Er zahlt ja keine Liegeplatzgebühr.

Wer arm ist, muss natürlich früher sterben.
An ihm verdient nicht mal die Medizin.
Denn wer nichts hat, hat auch nichts zu vererben.
Sein Leben hat im Grunde gar keinen Sinn.

Der Reiche hat ein Haus und teure Kleider.
Und wer ihn ansieht, sieht mit Neid ihn an.
Der arme Mann jedoch hat keine Neider.
Man gönnt die Armut gern dem armen Mann.

Das Armsein hat so viele gute Seiten,
weil einem praktisch nichts passieren kann.
Dem Reichen aber drohn Verlust, Konkurs und Pleiten.
In Wahrheit ist der Reiche doch der arme Mann.

Darum, ihn auszurauben, Leute, habt den Mut.
Dann darf er auch mal arm sein, und das tut ihm gut.

Fröhliche Kanzlerin

Die ganze Zeit über hab ich mich gefragt: Wieso lächeln die dabei? Wieso verkünden sie die Schreckensnachrichten immer so munter und geradezu fröhlich?

„Die größte Staatsverschuldung in unserer Geschichte", sagt Frau Merkel, und ein irgendwie zufriedenes Lächeln spielt um ihre Lippen.

„Ein noch nie da gewesenes Konjunkturpaket von fünfzig Milliarden Euro!", verkündet Herr Steinbrück mit Fassung, aber doch auch voller Optimismus.

„Eine größere Staatsverschuldung gab es noch nie!", sagt wieder die Kanzlerin und strahlt.

Wieso stehen die nicht da und raufen sich die Haare und trommeln mit den Fäusten auf den Tischen herum? Als mein Onkel Willy mal fünfzigtausend DM Schulden hatte, ist er nur noch mit Ringen unter den Augen rumgelaufen, hat sich besoffen und andauernd gesagt: Ich bring mich um, ich bring mich um.

Nein, sie bringen sich nicht um! Sie strahlen und lächeln. Aber warum?

Ich weiß es jetzt. Wegen der Jugend. Wegen der Zukunft. Seit Jahrzehnten hören wir doch schon: Die Jugend hat keine Ziele mehr. Die jungen Leute wissen nicht, warum sie auf der Welt sind.

Aber damit ist jetzt Schluss. Die nächsten fünfzig Jahre, Jungs und Mädels, da wird jetzt gefälligst rangeklotzt. Ihr habt die Ehre, die Schulden eurer Eltern zu bezahlen.

Von wegen, Hartz-IV-Kinder kriegen zu wenig Unterstützung! Mit euch fangen wir jetzt schon mal an: hungern, frieren, arbeiten! Es ist für Deutschland! Es ist für eure Eltern. Die haben alles verprasst! Ihr dürft sie aus der Schuldenfalle retten! Und darum ist die Kanzlerin so fröhlich.

Wo Gott wohnt

Ja, nun wird wirklich alles gut. Der Vatikan hat entdeckt, dass es das Internet gibt. 1992 hatten sie zuletzt so ein Medienpapier herausgegeben. Wie man christlich mit den Medien umgehen soll. Aber da gab es das Internet noch nicht. Darum dachten bis heute alle Kirchenväter noch immer: Wer etwas wissen will, der soll den lieben Gott fragen. Nur der liebe Gott weiß alles.

Darum hat es sie nun natürlich wie ein Schlag getroffen. Denn Gott weiß längst nicht alles. Sondern Google weiß alles. Wie mühsam haben die Kirchenmänner es immer wieder versucht, alle Zweifler zu überzeugen, dass es Gott doch gibt. Das ist heute gar kein Problem mehr. Einfach bei Google „Gott" eingeben. Da gibt Gott jede Menge Auskunft über sich. Auf seiner Seite „gott.net" verspricht er zum Beispiel, regelmäßig neue Mitteilungen zu machen. Ob er grade wieder an einem neuen Universum arbeitet, wohin die Schwarzen Löcher führen. Da erhält man Auskunft, dass Gott eine allumfassende Zahl ist. Sex ist etwas Gottgewolltes, kann man da lesen.

Karel Gott hat sich natürlich auch dazwischen gemogelt. Bei Wikipedia kann man sich informieren, wann Gott geboren ist und welche verschiedenen

Berufe er alle schon ergriffen hat. Wo Gott wohnt, habe ich allerdings noch nicht gefunden. Aber ist es nicht schön, dass der Vatikan sich jetzt auch über Google informiert?

Da kann er auch ganz leicht mal „Kondome" anklicken. Schon weiß er Bescheid. Und wenn wieder mal ein Kardinal den Holocaust leugnet, klickt der Papst einfach bei Google „Holocaust" an – schon weiß er Bescheid. Da liest er denn auch mal, wie sehr der Vatikan die Nazis immer unterstützt hat. Oder unter „Militärgeistliche" – da liest er, wie diese frommen Männer von jeher die Soldaten beider Seiten mit Gottes Segen zum Morden geschickt haben. Aber ist doch schön, dass der Vatikan jetzt endlich mal weiß, wo er Gott findet.

Witwenverbrennung

Ich liebe meine Frau. Darum bin ich absolut gegen die Entscheidung des Europäischen Gerichtshofs. Es ist nicht gerecht, sagt der Gerichtshof, dass Frauen für die Rentenversicherung und für die private Krankenversicherung höhere Beiträge bezahlen müssen als die Männer. Nur weil sie statistisch gesehen länger leben. Alle sollen nun gleiche Beiträge bezahlen. Das heißt dann natürlich: Für die Männer werden die Beiträge erhöht! Das empört mich. Es widerspricht nämlich absolut der europäischen Witwenkultur. Bei uns ist es nun einmal Brauch: Wenn der Mann endlich tot ist, fängt das Leben für die Frau erst richtig an. Dann hat sie seine schöne Pension und ihre Freiheit. So sieht man sie dann in der Konditorei mit ihren Freundinnen sitzen, sie lachen sich alle noch mal kaputt über ihre verstorbenen Männer und essen Schwarzwälder Kirschtorte – aber bitte mit Sahne. Oder die Witwe fliegt jedes Jahr zweimal nach Mallorca und angelt sich sogar noch einen zweiten Mann – mit der Chance, den auch noch zu überleben und dann nächstens lieber nach Florida zu fliegen oder die dritte Reise auf dem Traumschiff zu machen.

Andere Kulturen haben da andere Bräuche. In Indien zum Beispiel bei den Hindus war es Brauch:

Wenn der Mann gestorben war, wurde die Frau gleich mit ihm zusammen verbrannt. Da kann man nun sagen, was man will – aber das entspricht doch eigentlich viel mehr der Absicht des Europäischen Gerichtshofs. Absolute Gleichbehandlung der Geschlechter! Die wahre Ungleichheit besteht doch darin, dass die Frauen länger leben!

Das ist doch wohl etwas mehr wert als alles Geld der Welt. Wer entschädigt denn uns Männer dafür, dass wir uns ein Leben lang abrackern, damit unsere Frauen es gut haben? Ich meine: Das tun wir ja gern. Aber Gleichbehandlung ist das nicht! Man soll doch auch mal von anderen Kulturen etwas lernen. Ja, Witwenverbrennung, die wäre gerecht – rein versicherungstechnisch gesehen, meine ich.

Am deutschen Wesen …

Also jetzt mal alle herhören, ihr bequemen Ausländer da unten im Süden. Ganz vorweg natürlich: ihr Griechen! Nehmt es euch nun gefälligst mal zu Herzen, was euch unsere Kanzlerin sagt: Jetzt wird rangeklotzt! Verstanden?! Jetzt ist mal Schluss mit Sirtaki-Tanzen von morgens bis abends. Euch sieht man doch nur den ganzen Tag vor der Taverne sitzen, Ouzo trinken und Karten spielen. Und um euch herum? Nichts als Ruinen, die ihr nicht wieder aufbaut!

Und ebenso ihr da unten, ihr Spanier. Riesenarbeitslosigkeit – aber immer noch Zeit genug zum Demonstrieren. Auf öffentlichen Plätzen rumsitzen, Tapas essen, Rioja trinken und über die Regierung meckern! Anschließend noch zum Tierequälen zum Stierkampf gehen! Schulden bis über beide Ohren – aber immer noch Zeit genug zum Fußballspielen. Unsere Mannschaft zu schlagen – schämt ihr euch eigentlich gar nicht?!

Damit muss jetzt mal Schluss sein. Hört auf unsere Kanzlerin! Nehmt euch ein Beispiel an uns Deutschen! Ja, es wird am deutschen Wesen / einmal noch die Welt genesen! *(Emanuel Geibel)* Denn wir sind fleißig, gehorsam, brav und sauber! Und demnächst darf man bei uns erst in Rente gehen, wenn man mindestens hundert Jahre alt ist. Ja, wir Deutschen, wir sind das Vorbild für ganz Europa!

Nur eines, eines verstehen wir nicht: Warum haben sie euch alle so lieb? Euch Spanier und Griechen und Portugiesen – euch bewundern sie alle für eure Lebensart. Aber uns, uns Deutsche mag wieder keiner leiden! Das ist so ungerecht!

Ordnungsrufe!

Alles so unordentlich zurzeit hier im Lande. Der CSU-Opa Norbert Geis droht mit dem Krückstock: „Erst mal soll der Gauck seine persönlichen Lebensverhältnisse in Ordnung bringen – und zwar so schnell als möglich!“ Sonst haben wir einen Bundespräsidenten, der zwanzig Jahre mit immer derselben Geliebten lebt – und auch noch verheiratet ist. So geht das doch nicht! Mir wäre das zwar vollkommen schnuppe. Aber Opa Geis kann doch dann nachts nicht mehr schlafen. Also bringen Sie das mal in Ordnung, Herr Gauck. Extra für den Opa!

Ach ja, alles so unordentlich hier im Lande. Das Benzin zum Beispiel. Ist immer noch so billig, dass es sich fast jeder leisten kann. Der Grünen-Politiker Anton Hofreiter fordert: Benzin muss noch viel, viel teurer werden. Und zwar so schnell wie möglich. Dann haben die Reichen endlich die Straße für sich!

Es ist doch nicht auszuhalten, dass immer noch diese kleinen Blechbüchsen, die die Leute sich als Auto zulegen, vor einem herfahren und den Verkehr behindern. Zwanzig Euro für den Liter Benzin, dann macht das Autofahren wieder Spaß. Also, schnellstens in Ordnung bringen! Auch das mit den Steuern für Kinderlose. Das ist doch völlig falsch. Im Gegenteil: Wer

Kinder hat, soll mehr Steuern zahlen, Vergnügungssteuer! Windelwaschen, Hinternabwischen, nächtelang nicht schlafen können, auf Elternabenden rumsitzen, besoffene Jungs von der U-Bahn abholen, sich freuen, wenn die Tochter mit siebzehn schwanger nach Haus kommt: alles Gratisvergnügen, von denen Kinderlose nur träumen können. Bringt das endlich in Ordnung. Und zwar so schnell wie möglich!

Ossis

Ossis sind keine „ethnische Volksgruppe". Sie können also nicht so eingestuft werden wie die Ureinwohner Neuguineas oder Apachen. Na gut – und was folgt daraus? Daraus folgt, dass jemand, der als „Ossi" gekennzeichnet wurde, nicht eingestellt werden muss – beziehungsweise dass der Vermerk „Ossi" genügt, um ihn oder sie nicht einzustellen. So hat das Stuttgarter Arbeitsgericht entschieden. Da muss man dreimal nachdenken. Hätte das Gericht also die „Ossis" als einen ethnischen Volksstamm eingestuft, dann hätten sie Anspruch auf Schadensersatz, wenn ihre Bewerbung deswegen abgelehnt wurde. So aber, wo sie nur zur Gruppe der im Osten Deutschlands wohnenden und lebenden Bevölkerung gezählt werden, ist es in Ordnung, wenn man sie nicht nimmt.

Das ist doch zumindest recht merkwürdig. Dann gilt also auch eine Bewerbung als abgelehnt, wenn darauf der Vermerk „Bayer" steht. (Das könnte ich allerdings noch besser nachvollziehen. Die Bayern sind ja schließlich schon eher ein uriger Volksstamm, Eingeborene mit seltsamen Sitten und Gebräuchen.) Also sollten die Ossis vielleicht doch einmal dafür sorgen, dass ihre spezifischen Eigenschaften als „ethnisches Charakteristikum" anerkannt werden.

Sie sind nämlich der Teil der gesamtdeutschen Bevölkerung, der sich die Demokratie nach vierzig Jahren Unterdrückung mit großem Mut und friedlichem Aufstand erkämpft hat. Im Unterschied zum anderen Teil, dem die Demokratie nach der Nazidiktatur in den Schoß gelegt wurde. Und die schämen sich jetzt nicht, solche Urteile zu sprechen wie in Stuttgart. Wieso denn auch? Sie sind ja die typischen – Wessis!

Saubere Fassade

Also, meine Herren Redakteure vom SPIEGEL, da muss ich nun aber mal ein lautes „Hallo!" rufen und „So bitte nicht!" Von wegen „Das Kapital-Verbrechen" – wie Sie in einer Ihrer Ausgaben die ehrenwerten Geschäfte der Weltspitzenbanker betiteln. Wie können Sie diese seriösen Leistungsträger der Gesellschaft mit Kriminellen in Verbindung setzen? Im Text versteigen Sie sich sogar zu einer Verschwörungstheorie. „Es sieht aus, in der Rückschau, als hätten sie sich verschworen, ein perfektes Verbrechen zu organisieren ... Es ist, als würde der größte und sauberste Diebstahl der Weltgeschichte eingefädelt" und so weiter.

Da frage ich Sie nun: Haben Sie sich jemals die Bankhäuser von Lehman Brothers, IKB oder der HRE oder meinetwegen auch von der Sachsen LB richtig angesehen? Na? Dann müssten Sie doch wissen: Die sehen alle picobello sauber aus, keine Schmierereien auf den Fassaden, keine Graffitis, keine arabischen Zeichen und so weiter. Das beweist: Banker können keine Verbrecher sein.

Es ist nämlich so: Niederländische Wissenschaftler haben soeben die Ergebnisse einer Studie veröffentlicht. „Schmierereien verderben die Moral", schreiben sie. „Wo Graffitis sind, da werden die Leute kriminell."

Das heißt nämlich: Nur in Stadtteilen, wo die Wände mit Schmierereien verschandelt sind, nur dort wächst die Kriminalität. Wenn Graffitis an den Wänden sind, werfen die Leute auch ihre Abfälle einfach auf die Straße oder sie ketten ihre Fahrräder an Zäunen an, wo das Anketten von Fahrrädern verboten ist.

Also, seien Sie bitte etwas vorsichtig, meine Herren Redakteure: Alle, die Sie als Verbrecher verdächtigen, haben eine saubere Fassade. Ja, sogar gerade die!

Schulfrei zu St. Mammon

Jetzt fordern also die Türken: schulfrei für alle Kinder an einem muslimischen Feiertag. Es wäre doch ein Zeichen der Toleranz, wenn dann auch die Kinder aller anderen Religionen frei bekämen. Etwa zum Ende des Ramadan. Da jubeln die Schüler natürlich. Diese Art von Toleranz können sie nur voll unterstützen. Und jetzt kommen auch noch die Juden. Schulfrei zu Jom Kippur zum Beispiel. Und wieder sind alle Schüler begeistert.

Ist ihnen doch egal, ob für Mohammed, für Abraham oder für die Jungfrau Maria – Hauptsache schulfrei. Dann melden sich natürlich auch noch alle andern Religionen. Die Zeugen Jehovas und die Baptisten, natürlich die Buddhisten und die Griechisch-Orthodoxen und die Quäker und die freie Bibelgemeinde und die Unitarier und die Metropolitaner – die gibt es nämlich alle bei uns –, da werden wir doch wohl die circa zweihundert Schultage zusammenkriegen – damit überhaupt nur noch schulfrei ist.

Aber wie ist es eigentlich mit der Hauptreligion in unserem Staat: dem Kapitalismus? Es gibt keinen stärkeren Glauben als den an das Geld. Schon wieder wurde Katastrophen-Bankdirektor Nonnenmacher (welch religiöser Name!) und seinen Nachfolgern das volle

Vertrauen ausgesprochen. Unter anderem für das Fünfhundert-Millionen-Opfer auf dem Altar des großen St. Mammon. Das Vertrauen, jawohl! Darum fordere ich den Feiertag für den heiligen Mammon. Gegen jede Vernunft beten die Gläubigen und auch die Gläubiger sie immer noch an! Gelobt sei der heilige Mammon – und St. Nonnenmacher und Co. vom Bankenklerus sind seine Propheten!

2 Sexuelle Gefälligkeiten

Definitionsfragen

König Carl XVI. Gustaf von Schweden hat vor einigen Monaten einen bemerkenswerten Ausspruch getan: „Was ist ein Pornoclub? Was sind leicht bekleidete Damen? Das ist eine Definitionsfrage."

Ein wahrhaft königliches Wort. Darf man etwa jede leicht bekleidete Frau gleich als Prostituierte bezeichnen? Im Golfclub Nord wurde eine Golfspielerin ermahnt, sich gefälligst züchtiger anzuziehen. Sie war zum Golfspielen im ärmellosen Top erschienen. Auch noch mit Spaghettiträgern! Nach den Anstandsregeln des Golfclubs war sie also kaum noch von einer Prostituierten zu unterscheiden. Das soll nicht heißen: Prostituierte sollen kein Golf spielen. Die Prostituierten im Golfclub sollen sich eben nur wie Golfspielerinnen anziehen. Alles eine Frage der Definition.

Und was ist ein Bordell? Ein Bordell ist doch in den meisten Fällen eher eine Art Seniorenbegegnungsstätte, in der sich hauptsächlich ältere Herren – wie der König von Schweden – treffen, um sich von sportlichen Krankenschwestern wiederbeleben zu lassen.

Alles eine Frage der Definition! Oder ein anderes Beispiel: Wenn ich zur Post gehe, bringe ich neuerdings immer ein paar lebendige Würmer mit nach Hause und grabe sie im Garten ein. Post und Anglerbedarf sind bei uns ein und derselbe Laden. Sie ködern ihre Anglerkunden damit, dass sie auch Briefmarken anbieten. Verlangt man aber nur ein paar Briefmarken, verzieht die Angelverkäuferin ihren Schmollmund. Da nimmt man dann aus Höflichkeit auch ein paar Würmer mit. Post oder Anglerbedarf? Eine Definitionsfrage. Völlig richtig, Euer Majestät!

Eier für den Landarzt

Gesundheitsminister Bahr will die Ärzte aufs Land locken. Dreihundertzwanzig Millionen Euro jährlich will er dafür zur Verfügung stellen. Als ob Ärzte, die ja nur heilen und gesund machen wollen, sich mit Geld locken lassen würden! Nein, es muss einfach ein Gesetz her, das die Landbevölkerung dazu verpflichtet, ihrem jeweiligen Herrn Doktor das Leben auf dem Lande so angenehm wie möglich zu machen. Er muss gesetzlichen Anspruch auf folgende Wohltaten haben: Ehrenplatz am Stammtisch im Dorfkrug und täglich drei Liter Freibier für sich und seine Freunde. Bei jeder Schlachtung stehen ihm nach freier Auswahl Schinken, Schlackwurst und zwei Eimer Schwarzsauer zu, vierundzwanzig Hühnereier pro Woche sowieso und Weihnachten und Ostern eine Gans. Außerdem fünfhundert Flaschen Rapsöl (auch als Benzinersatz) und selbstverständlich darf er das steuerbegünstigte Dieselöl für sein Privatauto tanken.

Das Recht der ersten Nacht bei Bauernhochzeiten wird wieder eingeführt – aber nur für den Onkel Doktor – als Gratis-Gesundheitstest für die Braut! Und was seine Einnahmen angeht: Ein bereits auf dem Dorf praktizierender Arzt berichtete: „Der alte Dorfarzt hatte mich gewarnt: ‚Hier kannst du nix verdienen. Op'n

Land sin de Lüüd all kerngesund.' – ‚Na ja – **noch**', sagte ich. Dann habe ich bekannt gegeben: Alle Dorfbewohner erhalten von mir eine kostenlose Grunduntersuchung. Alle sind sie gekommen. Jetzt sind siebzig Prozent krank und bei mir in Behandlung."

Alles ohne Herrn Bahr und seine Millionen!

Beschneidung

Über die Frage, ob der Schwanz abgeschnitten werden darf oder nicht, war eine heftige Diskussion ausgebrochen. Befürworter haben die Tradition auf ihrer Seite. Für sie ist das Beschneiden des Schwanzes eine Glaubensfrage. Es sind nicht nur ethische, sondern auch ästhetische Gründe, weshalb ihnen der Anblick unbeschnittener Schwänze ein Gräuel ist. Aber nun kamen plötzlich Leute daher, die die Schwanzbeschneidung verteufelten, weil sie angeblich viel zu schmerzhaft sei und die Lebensqualität des Beschnittenen stark einschränke. Sie argumentierten weiter, dass der natürlich gewachsene Schwanz überhaupt erst in seiner vollen Pracht und Ausdehnung zur Geltung komme. Sie konnten auch beweisen, dass der unbeschnittene Schwanz beim Laufen in keiner Weise stört, sondern im Gegenteil sogar noch beim Springen sehr vorteilhaft ist. Ein schöner langer Schwanz macht den Schwanzinhaber auch stolz und selbstbewusst.

Die Gegner der Schwanzbeschneidung aber haben zum Schluss gesiegt. Inzwischen ist die Schwanzbeschneidung bei Hunden gesetzlich verboten, und zwar gemäß § 6 des Tierschutzgesetzes!

Ehrenmord und Blutrache

Den ganzen April 2011 konnte man mal wieder sehen: Es gibt Familien, die sich nicht integrieren wollen. Die sich regelrecht abschotten gegen die übrige Menschheit. Da hat doch sogar dieser Sarrazin recht! Nehmen wir nur mal das Theater um die Hochzeit von Prinz William und dieser Kate Middleton. Die Verwandtschaft rechnet es sich nun schon als besonders fortschrittlich an, dass er tatsächlich eine Bürgerliche heiraten durfte. Sonst durften sie das in diesen blaublütigen Kreisen doch immer nur innerhalb ihrer eigenen Sippe. Genau das, was der Sarrazin immer den Türken vorwirft! Zwangsheirat und Inzucht! Da gibt es im Adel haarsträubende Beispiele. Brüder, die ihre eigenen minderjährigen Nichten heiraten mussten und geisteskranke Kinder bekamen. Durch die Gene natürlich, wie der Sarrazin das doch auch sagt. Und Ehrenmorde! Ehrenmorde und Blutrache! Lesen Sie mal Shakespeare! In fast jeder Generation haben sie sich gegenseitig umgebracht. Und im Übrigen: der Vorwurf, dass die Hartz-IV-Empfänger immer nur auf der faulen Haut liegen und sich vom Staat ernähren lassen! Ja – und was ist mit der Königsfamilie? In goldbeschlagenen Kutschen fahren die umher! Alles, alles vom Staat bezahlt! Die Hochzeit kostete über sechzig Millionen

Euro. Und was leisten die dafür? Überhaupt nichts! Die betreiben ja noch nicht mal einen vernünftigen Gemüsehandel – wie die Sozialhilfeempfänger hierzulande mit ihren Kopftuchmädchen! Aber so ist das eben! Die Blaublütigen, die dürfen so leben. Aber wenn ein kleiner Türke das mal versucht! Da kommt dann gleich der Sarrazin!

Am Frühstückstisch oder Das Kondom

Ehemann (frühstückt, liest dabei Zeitung)

Ehefrau (kommt wütend herein): Wohin bitte fährst du heute, Horst Rüdiger?

Mann: Nach Frankfurt, das weißt du doch.

Frau: Und was machst du da?

Mann: Ach, Liebling. Große Konferenz, hab ich dir doch gesagt.

Frau: Und was ist das hier, bitte? (hält ihm ein Kondom unter die Nase)

Mann (desinteressiert): Was?

Frau: Das hier! (hält es ihm noch näher unter die Nase)

Mann: Ach das.

Frau: Sag mir, was das ist. Sprich es bitte aus.

Mann: Aber Liebling, du wirst doch wissen, was das ist.

Frau: Ich weiß auch, was das ist. Was ist das?

Mann: Das ist ein Kondom, na und?

Frau: Was hast du mir dazu zu sagen?

Mann: Was soll ich dazu sagen. Ein Kondom. Zur Verhütung – und zur Vorsicht.

Frau: Ich habe es in deinem Aktenkoffer gefunden.

Mann: Ja und?

Frau: Du brauchst so etwas also für deine große Konferenz?!

Mann: Nein, nein, natürlich nicht. Das hab ich nur ...

Frau: Oh, Rüdiger! Du betrügst mich! Du betrügst mich!

Mann: Aber Liebling, nein! Wie kommst du denn darauf?

Frau: Ja, wozu benötigst du denn so ein ... so ein Dings, wenn du auf Reisen bist?

Mann: Benötigen? Aber ich ... nein: Ich benötige es nicht. Es ist doch gar nicht benutzt.

Frau: Ach, und wozu nimmst du es dann mit – nach Frankfurt auf die große Konferenz?

Mann: Warum? Na ja – das soll man doch. Das wird einem doch jeden Tag geraten – im Fernsehen und überall. Dass ein Mann mit Verantwortung und – und um seine Frau zu schützen ...

Frau: Zu schützen? Wovor?!

Mann: Aber, Liebling, bitte, nun tu doch nicht so. Das weißt du doch wohl.

Frau (tief empört): Also, das ist ja großartig. Ich weiß gar nicht, wie ich dir danken soll – für deine Fürsorge, für deine Voraussicht. Du denkst also tatsächlich, wenn du da in deinem Sechs-Sterne-Hotel mit deiner

Sekretärin rumbumst, an die Gesundheit deiner Frau. Ich bin gerührt. Ich bin überwältigt! Nein, wie rücksichtsvoll. Das hätte ich dir gar nicht zugetraut …

Mann: Aber Doris, nein, nun hör doch mal …

Frau: Geh mir aus den Augen. Scher dich hin, wo der Pfeffer wächst. Oh Gott, oh Gott!

Mann: Aber Doris, Schatz, nun hör doch mal. Ich schwöre dir: Ich habe dich noch nie betrogen – und ich werde dich auch nie betrügen. Aber, mein Gott, es kann doch nicht verkehrt sein, dass man sich vorbereitet für den Fall, und dann wäre es doch besser …

Frau (holt tief Luft): Angenommen mal, ich glaube dir. Angenommen. Dann ist aber eines klar: Du trägst dich mit der Absicht, du planst im Voraus, mich zu betrügen – und schleppst bereits dein Handwerkszeug mit dir herum!

Mann: Nein, nein, Liebling. Ich meine … Es gibt keine Frau, ganz bestimmt nicht. Aber es könnte doch mal sein … Ich meine – dass man in eine Situation kommt, wo man als Mann sozusagen gezwungen ist, dass man aus Höflichkeit …

Frau (läuft aufschluchzend aus dem Zimmer)

Mann: Was man auch macht, es ist auf jeden Fall falsch. Mit oder ohne Kondom.

Liebe Huren,

ich mache mir ernsthaft Sorgen um euren guten Ruf. Andauernd muss man lesen, dass ihr euch wieder mal mit einem Politiker eingelassen habt, Staatssekretäre werden im Bordell fotografiert, VW-Manager feiern Orgien im Puff, HSH-Manager gehen zu euch auf die Reeperbahn, mal lässt ein Staatsrat seinen Dienstlaptop bei euch liegen. Sagt mal, liebe Huren, was denkt ihr euch eigentlich dabei? Ihr schadet doch nur eurem guten Ruf als ehrliche Dienstleisterinnen. Alle wissen, dass Politiker im öffentlichen Ansehen ganz unten stehen – sogar noch unter den Bankern und den Beamten. Mit solchen Leuten dürft ihr euch doch nicht einlassen. Die haben ein sittliches Niveau, da kann man sich nur schämen.

Der Pofalla zum Beispiel findet es nicht sittenwidrig, wenn eine Friseurin in Sachsen nur zwei Euro in der Stunde verdient. Das ist für ihn nicht sittenwidrig. Mit so einem Sittenstrolch dürft ihr euch doch nicht einlassen. Wenn der mal zu euch kommt, den schmeißt ihr wieder raus und sagt: Wir wollen nur mit anständigen Freiern zu tun haben.

Übrigens: Auch mit solchen Angebern wie meinem Kabarett-Kollegen Ottfried Fischer solltet ihr euch nicht mehr einlassen. Der spielt als moralisches Vorbild einen Pfarrer im Fernsehen – was sowieso schon für einen Kabarettisten sehr fragwürdig ist – und brüstet sich dann noch bei Beckmann im Fernsehen, es mit mehreren Damen getan zu haben. Das erscheint mir bei dem Superdicken schon aus rein technischen Gründen sehr unglaubwürdig. Nee, liebe Huren – bleibt anständig und lasst die Finger von solchen Leuten.

Nachbarschaftshilfe

„Frau Bährwald“, sage ich zu unserer Nachbarin, „machen Sie sich bitte frei. Ich werde Ihnen jetzt ein Kind machen.“

Aber anstatt mir zu antworten: „Oh, wie nett von Ihnen, Herr Scheibner. Ich wusste ja immer, dass Sie ein guter Nachbar sind“, sieht sie mich entgeistert an und sagt so richtig spießig: „Also, Herr Scheibner, gerade von Ihnen hätte ich das jetzt nicht gedacht ...“

Und ich sage noch: „Ja, irgendjemand muss doch mal Ernst machen. Es geht um Deutschland. Ich habe einen Rentenausweis und Zeit genug ...“

„Das kann ja wohl nicht wahr sein!“, sagt sie da. „Dass Sie sich auf so ein Niveau begeben!“

„Ach was, Frau Bährwald“, sage ich. „Sie sind vielleicht keine Fernsehschönheit – aber Sie müssen sich doch nicht verstecken. Ich finde Sie sogar ganz reizvoll. Sie sind achtundzwanzig Jahre alt und ...“

„Machen Sie, dass Sie rauskommen!“, sagt sie.

Ich sage: „Frau Bährwald. Ihr Mann ist gestresst. Der kommt doch immer viel zu spät nach Hause. Ich weiß es doch, Sie haben kaum noch Sex. Steht doch in jeder Zeitung. Frank Sommer vom Lehrstuhl für Männergesundheit an der Uni Hamburg hat es gerade veröffentlicht: Männer haben immer weniger Sex. Und unsere Regierung schlägt gleichzeitig Alarm. Sie, Frau Bährwald, haben nur 1,4 Kinder wie jede deutsche Frau. Es muss etwas geschehen! Unser Vaterland wird aussterben, wenn das so weitergeht. Ich aber – Ihr Nachbar – habe genügend Zeit. Ich brauche zwar auch schon ein bisschen länger. Aber für Deutschland gebe ich alles. Und Ihr Mann, Frau Bährwald, wird mir dankbar sein!"

„Das meinen Sie doch nicht ernst, Herr Scheibner?"

„Aber gewiss doch", sage ich, „das ist Nachbarschaftshilfe. Ich opfere mich. Wir müssen jetzt zusammenhalten."

Da schaut sie in ihren Kalender und sagt: „Na ja, Herr Scheibner. Dann äh ... dann gucken Sie doch mal nächste Woche Dienstag wieder vorbei."

Nasebohren

Da soll noch einer sagen, die Bundesregierung habe keine Ideen zur mutigen Lösung der Kita-Probleme. Ab 1. August 2013 haben alle Eltern Anspruch auf einen Kindergartenplatz. Leider fehlen schätzungsweise 25 000 Erzieher. Da sagt nun die Bundesregierung: Dafür können wir doch Arbeitslose einsetzen. Eine hervorragende Idee!, finde ich. Ist doch sowieso Blödsinn, als Kindererzieher nur pädagogisch ausgebildete Fachkräfte einzusetzen. Kinder erziehen kann doch jeder! Ach, und die Kinder würden endlich begeistert mitmachen. Ich stelle mir vor: Es kommt der arbeitslose Bauarbeiter Egon und bringt 'ne Tüte Moltofill mit. „So, heute gipsen wir mal alle Schlüssellöcher zu." Die Kinder kreischen vor Freude. Ein vom Dienst suspendierter Beamter setzt sich zu den Kindern: „Liebe Kinder, heute spielen wir mal: Wer kann am tiefsten in der Nase bohren? Und wer holt am meisten aus der Nase raus? Da machen wir dann kleine Kügelchen draus und schießen sie mit dem Gummiband-Katapult gegen die Lampe." Die Kinder jubeln. Eine wegen eines kleinen Behandlungsfehlers arbeitslose Krankenschwester bringt ein Fahrradölkännchen mit: „Kinder, heute operieren wir mal den Blinddarm aus dem Sofa heraus." Die Kinder geben dem Sofa eine

Ölspritze, schneiden es ein bisschen auf, holen die Füllung raus und nähen es mit 'ner großen Sacknadel wieder zu! Ja, das sind Spiele, die den Kindern Freude machen!

Ein ausgedienter Soldat bringt den Kindern den „Spinatkrieg" bei. So eine Art Paintball. „Wer 'ne Ladung Spinat ins Gesicht kriegt, ist tot!" Das wird ein Spaß und eine Schweinerei, die Kinder sind ganz außer sich. Und der arbeitslose Elektriker zeigt den Kindern mit einem Schraubenzieher, wie man an der Steckdose einen Kurzschluss auslöst, damit die Klingel zum Mittagsschlaf nicht funktioniert. Wunderbar. Da möchte ich selber noch in die Kita gehen!

Armer Gottfried Keller

Im Zug auf der Rückfahrt lese ich über die Leipziger Buchmesse und den preisgekrönten „Roman unserer Kindheit" von Georg Klein. Mir gegenüber sitzt meine vierzehnjährige Tochter und hat ein Reclamheft vor der Nase: Gottfried Keller, „Romeo und Julia auf dem Dorfe". Sie stöhnt und stöhnt: „Ach Gott ja, die Steine auf dem Acker, die Steine ...", und malt mit ihrem Marker irgendwelche Zeilen an. „Was stöhnst du denn immer so?", frage ich. „Ist doch eigentlich 'ne ganz fesselnde Geschichte da von den beiden Kindern und den verfeindeten Eltern."

Sie hört mir aber gar nicht zu, stöhnt nur wieder: „Die Fliege im Puppenkopf hat auch was zu bedeuten. Aber was? Pferdeäpfel vielleicht." Und wieder markiert sie eine Zeile farbig. Ein paar Sekunden später: „Da kommt ein schwarzer Geiger! Schwarzer Geiger – schwarzes Unglück!" Sie stöhnt wieder.

Ich sage: „Lies doch die Novelle mal in aller Ruhe, ohne immer was anzukreuzen." – „Du hast vielleicht 'ne Ahnung, Papa. Kann ja sein, dass die Geschichte ganz gut ist. Aber das nützt mir nichts. Ich muss sie interpretieren: Was will uns der Dichter damit sagen? Alles schön symbolisch sehen, damit ich 'ne gute Zensur kriege."

„Verstehe", sag ich. „Gottfried Keller hat die Novelle ja auch hauptsächlich für die Lehrer und den Deutschunterricht geschrieben und nicht, damit du einen Lesegenuss davon hast."

„Genau", sagt meine Tochter. „Und wenn ich damit durch bin, werde ich sie auch nie wieder lesen! Geh mir weg mit Gottfried Keller!"

Na bitte! Lernziel erreicht: Den Kindern die Dichter verekeln.

Der Lenz ist da

Es steht ein Bäumchen am Kanal
und tut dort was? Es knospet.
Und rund umher das Altmetall,
das Altmetall, es rostet.

Die große Großstadtwäscherei
bemüht sich chemikalisch,
lässt gelblich-grüne Dämpfe frei.
Die stinken infernalisch.

Die Brühe im Kanal sogar
möcht festlich sich bekränzen:
steckt einen Ölfleck sich ins Haar,
recht frühlinglich zu glänzen.

Die Gänseblümchen fangen an,
sich ängstlich umzusehen.
Der Nachbar wirft den Mäher an.
Ha! Er darf wieder mähen.

Tiefflieger schwärmen wieder aus
gleich Riesenschmetterlingen.
Die Scheiben in dem Dorfgasthaus
vor Frühlingslust zerspringen.

Der See, vom Winterschlaf erwacht,
fühlt neues Leben blühen:
Der Außenborder stinkt und kracht.
Die Auspuffwölkchen ziehen.

Und die Granaten hinterm Moor,
wo sie den Krieg probieren –
so kommts dem Mondhornkäfer vor –
vor Freude explodieren.

Der Schreber geht mit Macht ans Werk.
Prüft seine Schädlingsspritze
und schrubbt verliebt dem Gartenzwerg
die Stiefel und die Mütze.

Die Drosseln ihre Nester baun.
Die Luft ist dick von Dünsten.
Sirenen heulen, Hämmer haun
und trotzdem: Du empfindst'n.

Handy ausschalten

„Sag mal, wo warst du eigentlich gestern Nachmittag?", fragt meine Frau – und sieht mich an mit ihrem Detektivblick.

„Wieso? Warum willst du das wissen?"

„Du hattest dein Handy ausgeschaltet. Ich hab dich immer wieder angerufen, aber du hast dich nicht gemeldet. Du wolltest dir ein paar Socken kaufen. Dafür braucht man doch nicht volle drei Stunden."

Ich sage: „Muss ich jetzt ein Alibi beibringen oder was?"

„Nein, ich wundere mich ja nur: Warum stellst du dein Handy ab? Das heißt doch, du wolltest nicht zu erreichen sein."

„Ja, und? Glaubst du, ich treffe mich für drei Stunden mit einer anderen Frau?"

„Weiß ich ja nicht. Aber eines ist mir in dieser Woche klar geworden: Wer auf der Flucht ist oder etwas zu verbergen hat, der sollte sein Handy abstellen. Sonst kann man ganz schnell feststellen, wo er sich herumtreibt."

Ich bin fassungslos. „Du vergleichst mich also mit diesem Ausbrecher neulich, mit diesem Verbrecher, den sie wieder eingefangen haben, weil der Dussel sein Handy nicht abgestellt hat?"

„Nein, ich vergleiche dich ja nicht direkt. Mir ist nur eben klar geworden: Auch kleine Verbrecher kann man nicht orten, wenn sie ihr Handy abgestellt haben."

Die Wahrheit ist zwar: Mein Handy war abgestellt, weil die Batterie leer war. Aber das habe ich meiner Frau nun nicht mehr verraten. Soll sie doch ruhig mit ihrem Verdacht leben.

Wie sagte doch schon Nietzsche: Wenn du zum Weibe gehst, vergiss nicht, dein Handy auszuschalten!

Dank an den Tiger

Hallo, Tiger Woods! Die ganze Welt rümpfte bekanntlich die Nase über dich. Nein, das hätten sie ja alle nicht gedacht: Ausgerechnet der Vorzeigesportler, der größte Golfer seit Menschengedenken, ist seiner Frau untreu geworden und hat mit mehreren anderen Frauen und Mädchen Sex gehabt. Na, so was!

Ich dagegen, verehrter Tiger, möchte mich noch einmal ausdrücklich bei dir bedanken. Okay, du warst der genialste Golfer aller Zeiten – aber jetzt erst, mein lieber Sportsfreund, jetzt erst hast du dem Golfsport den größten Dienst erwiesen!

Und warum?

Ganz einfach: Weil unsereiner jetzt auch wieder von den Frauen ernst genommen wird, wenn er zugibt, gelegentlich Golf zu spielen. Das war doch gleichbedeutend damit zuzugeben, man sei impotent. Immer diese blöden Witze: „Haben Sie noch Sex oder spielen Sie schon Golf?" Hahaha! Wie witzig. Wenn sie uns nicht von der sportlichen Seite niedermachen konnten – weil sie irgendwann mal zugeben mussten: Golf ist ein Sport, der großes Ballgefühl und höchste Körperbeherrschung erfordert –, dann konnten sie aber immer noch ihre geschmacklosen Sprüche klopfen: „Der locht ja nur noch auf dem Platz ein."

Im Gegenteil, ihr missgünstigen Fußballer, ihr verbohrten Handballer und Boxer und so weiter: Nur wer im Bett noch ungeheuer leistungsfähig ist, der bringt es auch auf dem Golfsplatz!

Und ihr, schöne Frauen, ich gestehe es jetzt ohne Bedenken: Ich spiele Golf! Zwar nicht ganz so gut wie der Tiger. Aber in anderer Beziehung – ihr versteht schon ...

Wer der Teufel ist …

Soll ich katholisch werden? Das wäre ja neulich noch sehr mutig gewesen. Wegen Zölibat und Missbrauch und Mixa und so weiter. Würde das nun extra anerkannt da oben in der Seligkeit in der ewigen oder grade nicht?

Oder soll ich mich doch lieber ganz stark für die Protestanten engagieren? Das kann aber auch schiefgehen, weil der Papst ja sagt: Die sind gar keine richtige Kirche. Darum wollen sie beim Abendmahl nicht am selben Tisch sitzen. Wenn ich mich dann an den falschen Tisch setz, gibts später keine ewige Seligkeit. Das ist so schwierig. Jetzt sind auch alle wieder so begeistert von der Ex-Bischöfin Käßmann. Soll ich mich der vielleicht anschließen? Ich bin ja sogar schon mal mit 1,5 Promille gefahren. Und es tut mir sehr, sehr leid. Aber wird mir das im Himmel nun als gut oder als böse angeschrieben? Wie soll ich mich entscheiden?

Oder soll ich vielleicht doch zum Islam übertreten? Weil die Extremisten und Salafisten und so weiter, die werden ja immer dreister. Eines Tages beherrschen sie vielleicht doch die ganze Welt. Ich hab meiner Frau schon mal ein schwarzes Kopftuch besorgt und mich orientiert, in welcher Richtung eigentlich Mekka liegt, falls ich mich dann zum Gebet auf den Boden werfen muss. Da hab ich bloß Angst, dass ich dann von Allah vielleicht später zwanzig Jungfrauen verpasst krieg. Was soll ich mit denen anfangen? Das schaff ich doch gar nicht mehr!

Aber als Höhepunkt hab ich dann noch einen Hassprediger gehört und das war der Herr Pinkwart von der FDP (den kennt ja sonst kaum einer) – und der hat gesagt: „Du kannst selig werden mit wem du willst. Nur nicht mit den Linken."

Nun weiß ich zwar immer noch nicht, wo der richtige Gott wohnt. Aber wer der Teufel ist, darüber sind sich alle einig.

Kein Glück im Unglück

Wenn ein Hartz-IV-Empfänger im Lotto gewinnt, wird ihm die Geldsumme von seiner Sozialzahlung abgezogen. So entschied das Landessozialgericht in Essen. Ein Mann aus Bielefeld hatte in der Lotterie fünfhundert Euro gewonnen. Da freute er sich, endlich auch einmal Glück gehabt zu haben. Aber Irrtum.

Das Sozialgericht (Betonung auf „Sozial“) zog ihm die fünfhundert Euro in zwei Monatsraten wieder ab. Es handelt sich um ein „Einkommen“, argumentierte das Gericht. Und das muss von der Stütze abgezogen werden.

Vollkommen logisch gedacht, nicht wahr? Ein Hartz-IV-Empfänger ist ja schließlich einer, der Pech gehabt hat. Wer aber im Lotto gewinnt, der ist ja ein Glückspilz. Wenn einer erst mal unten ist, dann hat er auch keinen Anspruch mehr darauf, Glück zu haben.

Angenommen, der Mann hätte nicht nur fünfhundert Euro gewonnen, sondern sagen wir mal zehn Millionen, dann hätte er die selbstverständlich auch sofort an den Staat zurückzahlen müssen.

Denn dann hätte das soziale Gericht wahrscheinlich argumentiert: Der Mann hat sich den Lottoschein ja von seiner Stütze gekauft, also eigentlich von dem Geld, das dem Staat gehört, weshalb dem Staat auch der Gewinn zusteht. Außerdem gehören Lotto-Einsätze nicht zu den lebensnotwendigen Kosten. Hartz-IV-Empfänger haben also überhaupt nicht das Recht, im Lotto zu spielen. Daher ziehen wir ihm die zwei Euro für den Wettschein auch noch ab. Einmal unten, immer unten. Es lebe die soziale Selbstgerechtigkeit!

Zu Dank verbunden

Die Städte und Kommunen haben bekanntlich alle riesige Haushaltslöcher. Darum suchen sie fieberhaft nach Möglichkeiten, sich neue Geldquellen zu erschließen. Da stehen nun – die Autofahrer ganz oben auf der Liste. Die Ordnungsdienste haben jetzt die Aufgabe, sechsmal mehr Strafzettel auszuschreiben als zuvor. Mindestens 6,3 Millionen Euro im Jahr müssen sie in Hamburg hereinholen.

Das führt, so meine ich, zu einem ganz neuen, viel schöneren „Verkehrssündergefühl“. Bisher hatte ich immer noch so ein ganz kleines Schuldgefühl, wenn ich mal irgendwo zu lange im Parkverbot gestanden habe. Vor allem wenn dann der Bußgeldbescheid kam, mit dem moralischen Zeigefinger: „... Ihnen wird zur Last gelegt ...“ o. ä. Wenn nun aber der Staat geradezu angewiesen ist auf mein falsches Parken? Es wäre doch eine Katastrophe für die Kommunen, wenn demnächst alle nur noch absolut vorschriftsmäßig fahren, parken und halten! Niemand soll uns noch erzählen, diese Maßnahmen dienten der Verkehrssicherheit.

Nein, sie dienen der staatlichen Schuldentilgung und die Gehälter der Beamten werden davon bezahlt. Darum möchte ich die Behörden nun aber auch dringend darum bitten, ihren amtlichen Ton in den Bußgeldbescheiden etwas zu ändern. Statt „wird Ihnen zur Last gelegt" wäre es nunmehr doch wohl viel angebrachter, wenn die Behörde schreibt: „... sind wir Ihnen sehr zu Dank verbunden, dass Sie zugunsten der Staatskasse eine halbe Stunde zu lange geparkt haben. Wir hoffen auf baldige Wiederholung."

Herbsttag

Herr: Es ist Zeit. Der Sommer war sehr groß.
Leg deinen Schatten auf die Sonnenuhren,
Und auf den Fluren lass die Winde los.

Ja, ja, ganz recht, Herr Rilke, sie sind los, die Winde. Da kommt schon wieder einer anmarschiert – mit einem Benzinmotor auf dem Rücken und vorne bläst er den Herbstfeind zusammen wie mit einem Maschinengewehr. Rummrummmrummm: Weg mit dem verdammten Laub. Was will es hier noch? Was belästigt es uns? Er bläst es vor sich her, wütend pustet er es fort; das Laub fliegt zu Tode erschrocken vor ihm her und er wirbelt es zusammen zu größeren Haufen.

Wer jetzt kein Haus hat, baut sich keines mehr. Ach ja, Herr Rilke, das ist wirklich furchtbar. Denn der Lärm ist ja einfach nicht auszuhalten, den diese Antilaubsoldaten, diese pressluftbewaffneten Herbstwindteufel veranstalten. Sie selber, diese Hilfsgärtner als wichtige Windmacher, tragen natürlich dicke Ohrenschützer gegen den Lärm, sonst wären sie ja taub, wenn sie mit ihrem Gepuste fertig sind. Aber alle anderen um sie herum müssen wenigstens ins Haus fliehen können oder hundert Meter weit weg, sonst dröhnen ihnen die Ohren.

Dies ist ein Herbsttag, wie ich keinen sah!
Die Luft ist still als atmete man kaum, ...

Ja, denkste, Herr Friedrich Hebbel!

Dies ist ein Herbsttag wie ich keinen hörte,
wo nur der blöde Pressluftmotor röhrte!
Die goldne Herbstes-Stimmung ist Geschichte!
Ach, hol der Teufel eure Herbstgedichte!

Mutters Weisheiten

Meine Mutter liegt nun schon ziemlich lange auf dem Friedhof und sieht sich, wie sie immer sagte, die Radieschen von unten an – aber noch immer befolge ich ihre klugen Lebensweisheiten, die sie mir mit auf den Weg gegeben hat. Zum Muttertag zum Beispiel sagte sie einmal: „Ist der Flieder, den du mir da bringst, etwa gekauft? Schäm dich. Hast du nicht mal den Mut, für deine Mutter einen Strauß Flieder zu klauen?“ Danke, Mama, für wahre Liebe muss man auch mal etwas wagen.

Meine Mutter hatte auch eine sehr gesunde Rechtsauffassung: „Wenn dich jemand beschimpft und beleidigt, dann warte ab und lass ihn zu Ende beleidigen. Bestimmt wird er noch ausfallender und dann hast du die besseren Argumente.“ Das habe ich mir gemerkt. Und auch: „Wer schreit, hat unrecht.“ So einfach und so wahr. Aus der Kirche war sie ausgetreten. Aber mich schickte sie zum Konfirmandenunterricht. „Wenn es Gott gibt, ist es ja besser. Und wenn nicht, kann es auch nichts schaden.“ Für alle meine Beziehungsprobleme sagte sie nur: „Es ist eine Kunst, zu lieben. / Künstler müssen täglich üben!“

Und nie vergesse ich ihre klugen Sprüche fürs berufliche Fortkommen: „Willst Verluste du vermeiden / lerne klagen, ohne zu leiden." Alle Politiker handeln nach diesem Ratschlag. In Bezug auf Tierliebe tat sie den rätselhaften Ausspruch: „Quäle nie ein Tier zum Scherz, denn es könnt geladen sein." Heute erhebe ich das Glas auf meine Mutter mit ihrem Trinkspruch: „In diesem Sinne / rin in die Rinne! / Denn meistens sind es die nüchternen Hunde. / Die richten diese Welt zugrunde!"

Loriot ist weg!

Loriot ist tot? Wer soll das denn glauben? Loriot – der Mann ist doch unsterblich.

Ja, ja – es heißt, er soll im engsten Kreise beigesetzt worden sein. Aber aus privater Quelle habe ich gehört: Als die sechs Sargträger Herrn von Bülow zum Grabe trugen – schön gravitätisch, völlig ernst und humorlos schritten sie voran –, da passierte es: Auf dem Weg lag eine Bananenschale, der Träger links vorn rutschte aus, er riss die andern mit und alle lagen auf der Erde. Der Sargdeckel fiel runter und oh Schreck: Es lag keiner drin. Der Sarg war leer. Loriot war weg! Das war allerdings auch nicht anders zu erwarten. Denn Herr von Bülow wurde doch bereits sehnsüchtig im Himmel erwartet. Der liebe Gott persönlich hatte doch schon vor Wochen verlauten lassen: „Ich hab die Nase jetzt gestrichen voll von der ganzen verrückt gewordenen Menschheit. Nur den einen will ich noch in meinen Himmel holen, diesen weisen, gütigen, böse-witzigen Herrn von Bülow. Meine Engel sollen den schönsten Heiligenschein raussuchen und putzen und ihm den am Himmelstor verleihen. Und ich befehle, den Empfang aufzuzeichnen und mir das Video vorzuführen."

So kam denn Loriot am Himmelstor an. Da wurde er schon vom himmlischen Kamerateam umringt, Petrus stellte sich als Regisseur vor: „Gott mit Ihnen, Herr Lindemann, Sie wissen, es handelt sich um ihre humoristische Heiligsprechung ..."

„Nein, halt", sagte Loriot. „Ich heiße Loriot, Erwin Lindemann ist eine von meinen Figuren. Der hatte mal fünfhunderttausend D-Mark im Lotto gewonnen ..."

„Ja, von mir aus", sagte Petrus – „dann sprechen Sie das jetzt bitte hier in die Kamera. Ton ab." – „Also ich heiße Loriot und habe den Herrn Lindemann erfun..."

In diesem Augenblick kam der Engel mit dem Heiligenschein angeflogen: „Er muss doch erst mal den Heiligenschein aufsetzen."

Petrus rief: „Klappe. Nochmal das Ganze mit Heiligenschein. Also Ton ab. Action!"

Loriot sagte: „Ja, ich heiße Loriot und brauche keinen Heiligenschein, ich bin doch nicht der Papst, ich habe doch nur den Lindemann erfunden ..." (Er nahm den Heiligenschein wieder ab.)

Aber Petrus rief: „Halt! Abbrechen! Er muss den Heiligenschein aufhaben, ist Anordnung von ganz oben ..."

Was soll ich noch lange schildern: Es endete jedenfalls damit, dass Loriot zum Schluss nur noch sagen konnte: „Ich heiße Erwin Lindemann und soll mit Loriot eine Herrenboutique in Wuppertal eröffnen und der Papst will mir für fünfhunderttausend Euro den Heiligenschein abkaufen ...“

Aber da kam ein Trompetenengel und verkündete: „Ihr sollt aufhören mit dem Blödsinn. Der Boss will ihn persönlich empfangen und bittet ihn, sich neben ihn auf seinen Thron zu setzen.“ Und so geschah es. Für ein paar Sekunden Ewigkeit saß Loriot direkt neben dem lieben Gott auf dessen Thron.

Aber als dann schon einige Engel anfingen, zu fragen: „Halleluja, wer sitzt denn da auf dem Thron neben dem Loriot?“, hat der liebe Gott ihn doch gebeten, lieber auf der Wolke Platz zu nehmen, die er extra für ihn als Biedermeiersofa hatte anfertigen lassen.

Vier zu zwei!!!

Bei Schumanns haben sie am Freitag eingebrochen. Und das auch noch weit vor Mitternacht. Beide Schumanns sitzen zu der Zeit vorm Fernseher, um Deutschland gegen Griechenland zu gucken. Ute Schumann stößt um circa 21:18 Uhr ihren Peter an: „Du, ich glaub, da ist jemand in der Küche. Ich hab sowas gehört." Das ist aber grade in dem Moment, als der Grieche Ninis einen Fernschuss loslässt und Neuer leichte Probleme damit hat.

Peter springt auf: „Oh Gott, oh Gott!" Aber Neuer hat den Ball jetzt fest. „Uff!", ruft Peter und fällt zurück in seinen Sessel. Ute setzt sich auch wieder hin: „Wird schon nix gewesen sein."

21:21 Uhr: Khedira zum zweiten Mal. Ein Mordsschuss, Griechen-Torwart Sifakis muss abprallen lassen – aber kein Tor. Peter ringt die Hände und springt schon wieder hoch. Im Wohnzimmer hinter ihm tauchen zwei Männer auf. Uninteressant. Dann kommt plötzlich Lahm auf links außen, kurvt nach innen und zieht ab aus zwanzig Metern. Peter springt aus dem Sessel, hopst herum, läuft einmal im Kreis und schreit: „Toor! Toor!! Toor!!!" Dabei sieht er zwar, dass die beiden Männer hinter ihm das Klavier abschleppen. Aber was geht ihn das an? Ute stottert: „Du, Peter, ich glaub, das Klavier wird abgeholt ..." Peter stößt sie beiseite: „Lass mich doch zufrieden ..." In der Halbzeit rennt Peter ins WC und muss sich vor Aufregung erstmal kalt abwaschen. Zweite Halbzeit. Peter registriert grad noch, dass die Standuhr im Zimmer fehlt. Dann kommt die einundsechzigste Minute.

Schürrle patzt mit einem Fehlpass, Salpingidis kann von Lahm nicht gehalten werden, flankt auf Samaras, Boateng kommt zu spät. Schuss und 1:1. Peter schreit in Verzweiflung: „Um Gottes willen! Die schlafen; jetzt sind sie eingeschlafen!" Er will nach seinem Bierglas greifen, das auf dem Couchtisch steht, aber der bewegt sich vor seiner Nase in Richtung Tür. Peter kann sich grade noch sein Bier schnappen und sich wieder in den Sessel werfen. Ute stottert: „Ich glaube, sie räumen unser Wohnzimmer aus, Peter." Aber Peter stürmt mit Boateng nach vorn, Peter und Boateng flanken nach innen, Khedira zieht ab, Volley, rumms!! „Toooor!", schreit Peter, „Toor, Toor!", will sich setzen, aber sein Sessel ist weg. Jemand schiebt ihm einen Küchenstuhl unter den Hintern. Klose köpft das 3:1, Peter springt auf den Küchenstuhl und reißt die Arme hoch, hinter ihm steht kein Sofa mehr, beim 4:1 von Schürrle führt Peter einen Indianertanz auf:

„Wir machen sie fertig, wir machen sie fertig!" Flüchtig denkt er noch: Wir hatten doch mal einen Kronleuchter? Aber da zeigt der Schiedsrichter auf den Elfmeterpunkt. Peter stellt sich vor Neuer und versucht, den Elfmeter zu halten. Aber Neuer muss ihn durchlassen. Egal: „4:2! Deutschland siegt mit 4:2", ruft Peter nach dem Abpfiff und will sich vor Freude auf seinen Perserteppich werfen. Aber der ist auch nicht mehr da. Ute stammelt: „Es ist alles weg. Sie haben alles mitgenommen." – „Macht nichts", sagt Peter, „Deutschland hat gewonnen! 4:2!!"

Wenn meine Frau sich aufhängt …

Liebe Kollegen, Ehemänner oder Partner oder Freunde: Wenn Ihre Frau oder Freundin oder Lebenspartnerin Sie demnächst mal bitten wird, ihr einen Haken in die Zimmer- oder Kellerdecke zu schrauben, an dem sie sich aufhängen kann, dann sagen Sie nicht gleich: „Nein! Das hält unsere Zimmerdecke nicht aus." Denn es ist ja für einen guten Zweck. Bei all den schrecklichen Sachen, die jeden Tag in der Welt passieren, muss man einfach mal alles unterstützen, was dem Frieden dient, was den Menschen glücklich, ruhig und ausgeglichen macht.

Ach so, ich muss noch erklären: Den Haken in der Zimmerdecke braucht Ihre Frau oder Freundin und so weiter ganz dringend, damit sie sich nächstens in ihrer Yogahängematte daran aufhängen kann. Das ist nämlich der allerneueste Yogatrend aus Amerika: Aerial-Yoga – Yogaübungen in einem am Haken aufgehängten Tuch. Die Damen legen sich mit dem Bauch in das Tuch rein, Bein und Oberkörper hängen vorn und hinten raus – und dann zappeln sie damit. Oder sie legen sich auf dem Rücken in das Tuch und versuchen, im Schaukeln ihre großen Zehen zu küssen. Das heißt dann Taube oder Krähe oder Kartoffel oder so – „im spielerischen Umgang mit der Schwerkraft", wie die

Yogalehrer es nennen. Das tut der Seele Ihrer Frau gut, sodass sie dann auch zu Ihnen ganz lieb ist und Ihnen mit Begeisterung vorführt: Guck mal, ich kann eine neue Stellung.

Also keinen Schreck kriegen, wenn Sie demnächst einen Zettel auf dem Küchentisch finden: „Dein Essen steht im Kühlschrank, ich häng im Keller." Das ist gesund.

Des Menschen Grille

Laumanns nehmen ja immer die indianische Holzkohle zum Grillen. Da kriegt das Fleisch so einen ganz besonderen Wildwestgeschmack.

Kramers dagegen: Es gibt keine bessere Grillkohle als die aus dem Westerwald. Die ist aber leider im Handel nicht erhältlich. Nur Kramers können sie beziehen, weil sie persönlich mit dem Köhler-Ehepaar bekannt sind. Schneiders haben sich voriges Jahr furchtbar blamiert: Sie haben zum Grillfest eingeladen – und hatten gar keinen Grill mit richtigem Feuer. Nein, das war nur so ein Elektrogrill – also schon zum Draußenaufstellen – aber dann einfach eine elektrische Grillplatte. Alle haben sich peinlich berührt angeguckt – und Wehmeier hat gesagt: Dann hätten wir ja auch gleich zur Würstchenbude gehen können. Darüber soll aber nicht vergessen werden, dass Wehmeier die schönste Grillschürze von allen hatte: Ein Wildschwein war darauf abgebildet und darüber ein Spruch: *Mein letzter Wille, dass Wehmeier mich grille.* Alle haben sich kaputtgelacht.

Viele sagen ja nun: Eigentlich ist das Wichtigste beim Grillen gar nicht das Fleisch, es sind die Saucen. Die kann man natürlich im Supermarkt kaufen – aber das ist doch etwas zu schlicht. Da gibts ja höchstens dreißig bis vierzig spezielle Grillsaucen zum Aussuchen – und die kennt man ja schließlich alle. Darum sagen echte Grill-Fachleute: Die Saucen muss die Frau des Hauses selber machen. Dadurch ist sie dann als Frau doch auch noch ein bisschen am Grillen beteiligt. Denn an und für sich ist Grillen nun mal Männersache. Auch beim Nachgrillen natürlich.

Unter Nachgrillen versteht man den Gerichtsprozess, der dem Grillfest meistens folgt. Entweder weil der Rauch zum Nachbarn rübergezogen ist oder weil zur falschen Zeit gegrillt wurde oder weil Balkongrillen nur in den obersten Stockwerken erlaubt ist oder weil der Nachbar nicht eingeladen wurde. Die meisten Nachbarschaftsprozesse jedenfalls werden wegen der Grillerei ausgefochten. Und das ist ja nun wohl der beste Beweis dafür, wie wichtig es ist, mal wieder zu grillen!

3
Die Frau bei Karstadt

Stoßgebete

Ich bewundere Charlotte Roche. Bei ihren Feuchtgebieten haben noch alle die Nase gerümpft. Aber jetzt? So viele Gebetbücher haben noch nie in den Buchläden gelegen. So viele Schoßgebete sind vielleicht noch nie erhört worden.

Da wird man als Autor und Bücherschreiber allmählich mal neidisch. Auch ich hätte Millionen Bücher verkaufen können, wenn ich nur mutig genug gewesen wäre, meine sexuellen Erfahrungen ohne Scheu aufzuschreiben. Aber nein. Ich fragte mich dann immer noch: Was würde meine Mutter dazu sagen?, obwohl die doch gar nicht mehr lebt.

Aber damit ist jetzt Schluss. Ich arbeite bereits an einem eigenen Enthüllungsroman mit dem Titel Stoßgebete. Hier schon einmal ein Auszug als Vorabdruck:

Immer wieder erzählten meine Freunde mir am Stammtisch: „Das Schönste am Sex ist es für uns, wenn die Frauen so schön dabei stöhnen!“

Ich war jedes Mal deprimiert. Zu Hause sprach ich mit meiner Geliebten: „Susi“, sagte ich. „Warum stöhnst du eigentlich nie, wenn wir es miteinander treiben? Was mach ich da bloß falsch?“ – „Ach, mein Liebling“, sagte Susi. „Das tut mir aber leid. Lass es uns gleich mal versuchen.“ Und schon ging es los: Wir rissen uns die Klei-

der vom Leib. Ich drang in Susi ein. Und Susi flüsterte: „Soll ich jetzt mal stöhnen?" – „Jaaa", sagte ich, „jaaa, bitte, bitte stöhn jetzt." Da zog Susi mich noch fester an sich und stieß hervor: „Oh mein Gott, war es heute wieder voll an der Kasse bei ALDI!"

Das wird mein Bestseller!

Superväter 2012

Oha, haben wir einen Krach bekommen – meine Frau und ich. Weil doch im März Weltfrauentag war. Und drei Väter in unserem Lande haben dafür einen Preis bekommen: Sie sind die Superväter 2012! Fünftausend Euro haben alle drei bekommen. Vom Bundesfamilienministerium. Der Hamburger Claus D. zum Beispiel hat zugunsten seiner Frau seinen Beruf praktisch aufgegeben und sich zwanzig Jahre lang nur um die Familie und den Haushalt gekümmert. Das habe ich meiner Frau mal so richtig unter die Nase gerieben. „An dem hättest du dir mal ein Beispiel nehmen sollen", habe ich gesagt, „der Mann hatte keine freie Minute mehr. Seine Frau brauchte ja nur das Kind zu kriegen – aber er hat es großgezogen. Hat es schließlich jeden Tag zur Schule gebracht, hat mit ihm die Schularbeiten gemacht, hat mit ihm gespielt, hat es betreut, wenn es krank war. Und dazu dann noch die harte Arbeit im Haushalt jeden Tag. Mülleimer runterbringen, einkaufen und sich abschleppen, die Wohnung sauber machen, Geschirr abwaschen, die Wäsche in die Waschküche schleppen und wieder raufholen, Fenster putzen, Teppich klopfen. Dazu dann noch Rechnungen überweisen, das Haushaltsgeld vernünftig einteilen und natürlich das Essen kochen – zweimal am Tag –, zuerst für die Kinder und dann für die Frau. Wenn sie nach Hause kam, wollte sie schließlich ihr Abendbrot auf dem Tisch haben! Der Mann war jeden Abend fix und fertig!"

Meine Frau hat mich angesehen. „Ja, und? Genau dasselbe, was ich gemacht habe!" –„Ja, von mir aus! Aber hast du einen Preis dafür gekriegt? Supermutter 2012? Nee. Versagerin!"

Der Traum der Bahn

Da haben sie sich aber verraten. Die hoch bezahlten Manager und Strategen der Deutschen Bahn.

Bei der Berechnung der Statik der Müngstener Brücke über die Wupper haben sie die Fahrgäste gar nicht erst miteingerechnet. Das Gewicht der Züge, die über die Brücke fahren, ist gleich ohne das Gewicht der Fahrgäste berechnet worden. Wozu denn auch? Sie wollen ja gar keine Fahrgäste mehr! Sie wollen die Hauptursache für alle Störungen, Zwischenfälle, Verspätungen und Reklamationen direkt beseitigen. An der Wurzel wollen sie das Übel packen. Und wer ist die Wurzel des Übels? Der Fahrgast! Sie und ich, liebe Freundinnen und Freunde. Konsequent arbeiten sie daher schon seit Jahren daran, den Fahrgast loszuwerden. „Meine Güte", haben sie schon immer gestöhnt, „wann begreifen die Leute es denn endlich: Sie sollen die Bahn gefälligst zufriedenlassen und sie nicht mehr als Fahrgäste belästigen. Alles haben wir schon versucht, den Leuten das Bahnfahren zu verekeln: mit Hitzeschocks durch Klimaanlagen, die nicht funktionieren; mit Horroraktionen und Todesangst durch Türen, die während der Fahrt rausfliegen; mit Tiefkühlung der Fahrgäste wegen vereister Oberleitungen, weil die Bahn natürlich nicht wusste, dass es im Winter kalt wird; es fliegen Kinder aus dem Zug und Schafherden weiden auf den Gleisen! Das waren doch alles gezielte Aktionen! Wenn keine Fahrgäste mehr im Zug sind, dann hören auch endlich diese blöden Reklamationen auf, nur weil der Zug sechs Stunden zu spät oder gar nicht kommt."

Davon träumen sie bei der Bahn. Und haben deshalb schon mal das Gewicht der Fahrgäste gar nicht erst mit eingerechnet.

Ja, das wird wunderbar. Durch Deutschland fahren die Züge hin und her und kreuz und quer – und zwar leer. Und die Männer stehen auf den Bahnsteigen und sehen den durchfahrenden Zügen zu: elektrische Eisenbahn in Originalgröße! Bald ist es soweit. Dann ist die Bahn am Ziel!

Die Frau bei Karstadt

Wenn ich so zurückdenke an meinen letzten Einkauf bei Karstadt – ach, Freunde, da werde ich ganz sentimental. Ich wollte eine Pfanne kaufen, eine Bratpfanne. Da kam ich in eine Abteilung, da gab es Töpfe und Bestecke und Geschirr mit Tellern und Tassen. Unschlüssig stand ich herum – und wollte schon fast wieder verzagen, denn nirgendwo war eine Pfanne zu erblicken. Und ich wusste doch aus Supermärkten und anderen Großeinkaufshäusern: Hier bin ich einsam wie in der Wüste – niemand sieht mich, niemand hört mich! Aber was geschah? „Kann ich Ihnen helfen?", hörte ich eine freundliche Frauenstimme hinter mir. Natürlich fühlte ich mich nicht angesprochen.

Denn wann hatte mir schon das letzte Mal jemand geholfen – in einem Kaufhaus? Aber sie trat auf mich zu – eine sympathisch lächelnde Dame mittleren Alters. „Was suchen Sie denn?", fragte sie. Ich errötete geradezu und stotterte nur: „Ich suche eine ... eine Pfanne ... eine Bratpfanne, wissen Sie ... Entschuldigung." – „Ja, dann kommen Sie mal mit", sagte sie. Und führte mich tatsächlich in die Bratpfannenabteilung. Ich wollte mich schon bedanken. Aber da fragte sie auch noch: „Was wollen Sie denn damit braten?" – Ich stotterte wieder: „Na ja, Koteletts und Bratwürste und mal ein Steak ...“ – „Da empfehle ich Ihnen diese hier mit Bodenbeschichtung – da wird das Fleisch nicht hart beim Braten.“ Ich war beglückt und froh. In einem Warenhaus hatte mich eine freundliche Frau nach meinen Wünschen beraten. Und vor Begeisterung kaufte ich gleich zwei Pfannen. Eine für Fleisch, eine fürs Gemüse. Und nun denke ich zurück – an diese schönen Augenblicke. Wahrscheinlich hat diese freundliche Frau Karstadt zugrunde gerichtet. Sie war einfach nicht mehr zeitgemäß.

Schlüsseldienst

Wer hätte das gedacht: Die Krise beginnt zu wirken, und zwar segensreich. Es geht schon mal mit den Zahlen los. Wie schnell haben wir uns an große Beträge gewöhnt. Arme Leute, die noch nie einen Fünfhundert-Euro-Schein gesehen haben, werfen plötzlich mit Hunderten von Milliarden um sich. „Nee, zehn Milliarden noch mal drauf für die HSH-Bank, das sind meiner Meinung nach zwei Milliarden zuviel", sagt Stadtstreicher Ewald. Das ist ganz normal. „Haste mal 'ne Milliarde?", bettelt er schon die Passanten an.

Deswegen glauben das einige sogar, wenn sie da hören: Der Zumwinkel damals hatte sich doch nur seine Riester-Rente auszahlen lassen. Zwanzig Millionen. Und die denken dann bei sich: Muss ich doch mal nachrechnen, wie viele Millionen ich dann mal bekomme? Fünf oder zehn? Man will ja nicht unverschämt sein.

Oder die ganze hochkriminelle Einbrecherbranche. Die fühlen sich jetzt alle als Fachleute. Weil doch der Ackermann meinte, er kann den Anlageberatern ihre Boni nicht streichen. Sonst laufen sie ihm weg. Aber die braucht er doch. Sie haben doch die Banken reingeritten in die Pleite – deswegen wissen auch nur sie, wie man da wieder rauskommt. Und so ist das auch mit

Einbrechern. Der Schlüsseldienst nimmt mit Kusshand erfahrene Einbrecher. Wer weiß besser als die Verbrecher, wie man verschlossene Türen wieder aufkriegt.

Also, es wendet sich alles zum Guten. Statt immer zu fordern, die Millionäre sollen ihre Millionenabfindungen zurückgeben, sollten wir mal mit gutem Beispiel vorangehen: Alle Rentner überweisen ihre Rentenerhöhungen (so circa zwanzig Euro) an die notleidenden Banken – und die zurückgezahlte Pendlerpauschale kriegen sie noch obendrauf. Wir schaffen das schon!

Fest entschlossen

Irgendwann musste ich es ja mal einsehen: Es geht nicht mehr so weiter mit dem Trinken. Nein, ich bin ja kein Trinker. Ich trinke nur gern mal ein Gläschen Wein oder auch ein Fläschchen. Oder mal ein Bierchen oder zwei oder drei – und niemals einen Korn. Oder wenn dann nur mal einen. Einen zur Zeit, meine ich. Nach Weihnachten bin ich deshalb ernsthaft mit mir ins Gericht gegangen – und habe meiner Frau meinen Entschluss mitgeteilt.

„Hör mir zu, mein Schatz, du sollst es als Erste wissen: Ich mach jetzt Schluss mit dem Alkohol!"

„Wirklich", sagt sie und guckt mich so ungläubig an. „Woher kommt denn diese Einsicht plötzlich?"

Ich sage: „Ich tu das ja auch für dich. Mein ewiges Bier- und Weintrinken zerstört am Ende noch unsere Liebe. Ich treibe ja Raubbau an meinem Körper. Wenn es nicht schon zu spät zur Umkehr ist. Aber es muss jetzt was geschehen! Unbedingt!"

„Finde ich sehr vernünftig von dir. Trotzdem interessiert mich, woher kommt denn plötzlich diese Einsicht?"

„Inspiriert hat mich vor allem die letzte Klimakonferenz", sage ich. „Wie die Regierungschefs da immer wieder betont haben: Es ist die letzte Chance. Wenn wir jetzt nicht handeln, dann wird es für immer zu spät sein für die Erde – genauso wie bei mir für meinen Körper. Und dann haben sie sich alle gemeinsam entschlossen: So, wir hören jetzt sofort auf mit dem Raubbau an der Natur und der Luftverpestung!“

„Aha“, sagt meine Frau. „Und wann geht es nun los? Wann hörst du endlich auf mit der Sauferei?“

„Wieso wann?“, sage ich. „Das liegt an der Klimakonferenz. Genau wie bei denen: Der Zeitpunkt steht noch nicht fest! Aber es muss jetzt sein. Unbedingt!“

Fußballgötter

Irgendein hoher christlicher Geistlicher – ich habe den Namen vergessen, tut mir leid, ich vergess die Herren immer so schnell und bei vielen ist das ja auch besser so –, der jedenfalls hat klargestellt, warum Argentinien 2006 auf der Fußball-WM gegen Deutschland verloren hat. Weil nämlich Maradonna sich falsch bekreuzigt hat! Beziehungsweise zu oft. Korrektes Bekreuzigen darf nur dreimal hintereinander vorgenommen werden (Vater, Sohn und Heiliger Geist). Sonst fühlt sich der liebe Gott bedrängt und wird ärgerlich. Maradonna aber hat sich insgesamt achtmal bekreuzigt. Das hat der hohe Geistliche genau gesehen und mitgezählt. Das war aufdringlich und unhöflich. Blasphemie hat der Geistliche es genannt, den ich vergessen hab. Eines steht damit auf jeden Fall fest: Gottvater sieht nicht nur alles, Gottvater sieht auch Fußball. Zum Beispiel auch die Bundesliga. Auch Allah, Jesus und Mohammed sehen Fußball. Darum hat daraufhin der Zentralrat der Muslime in Deutschland – natürlich im Auftrage Allahs – eine Sondergenehmigung erteilt: Profifußballer wie zum Beispiel Özil oder Tasci müssen sich nicht an das Fastengebot zu Ramadan halten. Wenn sie während der dreißigtägigen Fastenzeit wichtige Punktspiele auszutragen haben, dürfen sie ganz normal essen und trinken, ja, sich so richtig stärken für das Spiel. Sonst macht sich am Ende noch Jesus über Mohammed lustig: „Selber schuld, wenn du sie immer hungern lässt vorm Spiel."

Aber lieber Gott, nun sag mir doch bitte mal: Wieso hast du „Uns Uwe" bloß vorm Elbtunnel von hinten anfahren lassen? Kannst du nicht mal ein bisschen besser aufpassen auf „Uns Uwe"?

Glücksgefühl vorm Aufprall

Sind Sie schon mal vom Kirchturm gefallen? Von ganz oben, meine ich? Stellen Sie sich das mal vor. Sie treten versehentlich einen Schritt zu weit vor – und plötzlich fliegen Sie. Ohne Fallschirm. Einfach so. Sie begreifen noch gar nicht, was los ist. Sie sind noch gar nicht erschrocken. Sie merken nur: oh, wie angenehm.

Diese plötzliche Leichtigkeit des Seins. Sie wollten ja immer schon mal fliegen. Ein angenehmer Luftzug ist um Sie herum. Sie bewegen sich sozusagen im freien Raum. Gerade kommen Sie an der Kirchturmuhr vorbei. Die hat zwei goldene Zeiger, die zeigen auf fünf vor zwölf. Und Sie verstehen die Symbolik: Ja, die Zeit vergeht. Unerbittlich. Jeder Mensch lebt nur seine Zeit. Und irgendwann ist sie verstrichen. Entweder gleich oder später – aber das ist eigentlich unwichtig.

Aus einem der Kirchturmfenster winkt Ihnen ein Kind zu, aus dem anderen ein Mädchen, während Sie vorüberfliegen. „Hallo, Onkel, wie geht es dir?" Und Sie rufen zurück: „Bis jetzt geht es mir gut. Ich fall ja noch." Ja, Sie erleben vielleicht gerade jetzt die entscheidenden Sekunden Ihres Lebens. Es sind nicht mehr viele – aber die wollen Sie nicht mit Kleinmut und Furcht vergeuden. Noch ein letztes Mal glücklich sein. Das Phänomen des Lebens mit Bewusstsein genießen. Über Ihnen der blaue Himmel und ein paar wunderschöne Wolken. Für Kummer, Angst und Verzweiflung haben Sie sowieso keine Zeit.

Das war jetzt nur mal eine kleine Situationsbeschreibung – am Anfang der Krise. Genießen Sie diesen Tag weiter. Sie haben nämlich jetzt das Glücksgefühl vorm Aufprall.

Vier Kaninchen

Verzeiht mir bitte, liebe Gemüsebauern. Aber seit da diese EHEC-Gefahr aufgetaucht ist, erlebe ich eine heimliche Genugtuung.

Ich lebe nämlich in einer Gemeinschaft mit lauter Kaninchen. Ich könnte auch Ziegen sagen, aber das ist ja viel zu missverständlich. Vier von fünf meiner Frauen (16, 23, 24 und 53 Jahre alt) leben absolut gesundheitsbewusst, das kann mich schon ganz krank machen. Salate, Salate, den ganzen Tag Salate. Tomaten, Tomaten, Gurken, Gurken – „die haben ja kaum Kalorien!" – Gurkenscheiben überall und Wurzeln und Äpfel. Sie sitzen mir am Mittagstisch gegenüber mit ihren Salatschüsseln und mümmeln das Grünzeug weg und knabbern und kauen, dass sie schon richtige Karnickelzähne davon gekriegt haben. Aber das geht ja nicht anders bei den Frauen. Sie müssen ja schlank bleiben, die armen Kreaturen, sonst passen ja die Jeans nicht mehr. (Fast jeden Morgen diese Schreckensschreie wie aus der Folterkammer: Hilfe, ich komm nicht mehr rein.) Bisher war ich für sie alle das abschreckende Beispiel: „Papa will schon wieder ein Beefsteak! Papa braucht seine Frikadelle mit Bratkartoffeln!" Und immer haben sie mir liebevoll geraten: „Papa, du solltest dich auch mal ein bisschen gesünder ernähren! Nicht immer diese lebensgefährlichen Kohlehydrate!" (Dabei esse ich gar keine Kohlehydrate, ich ess immer nur Bratkartoffeln und sehr gern mal 'ne Currywurst mit Pommes!) Aber seit vorgestern sitzen mir meine vier Kaninchen mit sorgenvollen Gesichtern gegenüber. Zwei Stunden haben sie ihren Salat gewaschen, alle fünf Minuten rennen sie ins Bad und waschen sich die Hände. Ich habe ihnen jetzt liebevoll geraten: „Ihr solltet euch mal ein bisschen gesünder ernähren, meine Lieben. Nicht immer diese lebensgefährlichen Vitamine!"

Willy im Einkaufszentrum

Niemand kannte sich im Alstereinkaufszentrum so perfekt aus wie mein Hund Willy. Das ist zwar schon ein paar Jahre her. In seiner großen Zeit wusste er zum Beispiel nicht nur, wo im AEZ Schlemmermeyer seinen Stand hat, er kannte auch die genaue Position aller anderen Läden, sogar den von Budnikowsky. Denn Willy, mein Airedale Terrier, muss irgendwie eine Sondergenehmigung zum Betreten des AEZ besessen haben. Er hat uns diese Genehmigung zwar nie gezeigt – aber irgendwie hat er es immer geschafft, trotz strengstem Hundeverbot in diesem Einkaufsparadies umherzulaufen, ohne auch nur einmal verhaftet zu werden. Wenn meine Frau mit ihm im AEZ unterwegs war, wurde sie natürlich auch hin und wieder einmal angesprochen: „Gehört der Hund Ihnen?", worauf meine Frau den Hund sofort verleugnete. „Nein, keine Ahnung, wem der gehört." Und Willy spielte das Spiel mit, er verzog sich sofort in den Hintergrund.

So eine – verbotene – Einkaufstour durchs AEZ begann damit, dass meine Frau ihm ihren Einkaufsplan vorlas. „Also, Willy: Ich gehe diesmal zuerst zur Reinigung, dann zu Budnikowsky, anschließend kaufe ich ein Parfüm bei Douglas, dann hole ich etwas Beefsteakhack aus dem Supermarkt und zum Schluss bin ich dann am Gemüsestand. Alles klar?" – „Wuff", machte Willy und zog los – zu Schlemmermeyer. Die Verkäuferin kannte ihn schon und begrüßte ihn freudig. „Ja, Willy, ich hab hier einen kleinen Wurstrest für dich." Willy wartete einen Augenblick, wenn es aber zu lange dauerte, lief er weg, fuhr kurz mit der Rolltreppe ins Untergeschoss zu Budni und wartete, bis er meine Frau rauskommen sah, fuhr dann sofort wieder mit der Rolltreppe ins Erdgeschoss und holte sich seinen Wurstrest. Danach besorgte er sich eine Käserinde am Käsestand, musste aber zwischendurch zu Douglas, um zu kontrollieren, ob meine Frau dort auch wirklich ihren Einkauf machte. Willy war absolut sicher, wo im AEZ sich welcher Laden befand. Einmal war er allerdings etwas verwirrt, als er mit der Rolltreppe vom ersten in den zweiten Stock fuhr und meine Frau ihm auf der anderen Rolltreppe von oben entgegenkam, fuhr dann aber diszipliniert nach oben und stieg um auf die nach unten führende Rolltreppe.

Wie gesagt – das ist lange her. Wenn ich heute als hilfloser, einkaufender Ehemann oftmals nicht weiß, wo ich eigentlich bin im AEZ – dann wünsche ich mir immer, Willy wäre bei mir und könnte mich direkt zu Thalia bringen.

Tennis als Ehetherapie

Viele Partnerschaften kommen in die Krise, weil Frau und Mann zu unterschiedliche Interessen haben. Ich will mal sagen: Er geht gern zum Kegeln – und sie bügelt lieber die Oberhemden. Das sind zwei ganz verschiedene Sportarten, sodass dann meist der eine die Begeisterung des anderen nicht so recht verstehen kann.

Darum rate ich Ehepaaren immer: unbedingt denselben Sport betreiben. Besonders geeignet erscheint mir das Tennis-Mixed – oder genauer: das Ehepaar-Tennis-Mixed. Ein Ehepaar spielt Doppel gegen ein anderes Ehepaar. Und Sie dürfen mir glauben: Eine Ehe, die diese außerordentliche Beanspruchung übersteht, die ist auch sonst durch nichts mehr zu erschüttern.

Es beginnt meist ganz harmlos. Beide Ehepaare betreten im Plauderton den Tennisplatz. Die beiden Herren zwinkern sich heimlich zu und machen den üblichen Scherz: „Na, Jürgen, dann wollen wir mal: Herrentennis mit Damen-Behinderung. Hahahahaha ...“ – Die Damen sind meist etwas kultivierter: „Wenn ich nur nicht immer so aufgeregt wäre“, sagt die eine. „Ach, Doris, du brauchst dich doch nicht aufzuregen. Deiner kann doch wenigstens Tennis spielen.“ – Und dann gehts los. Jürgen steht im zweiten Spiel vorn am Netz – und schlägt schon den zweiten Volley direkt vor die Füße ins Netz. Doris, seine Frau, geht von der Vorhand auf die Rückhandseite und sagt kein Wort. Aber sie lächelt. Und zwar: süffisant.

Das also ist ihr Jürgen. Der alles besser weiß und alles besser kann. Neulich ist er mit der Telefonabrechnung der Telekom ins Zimmer gekommen. „Was ist das für eine Nummer hier? Mit der Nummer 5386766 hast du im Monat Januar achtzehn Mal und insgesamt achtundsiebzig Minuten telefoniert – für zusammen fünfundsechzig Euro sechzig Cent. Deine Mutter? Die kannst du gefälligst besuchen. Was habt ihr euch denn schon zu sagen! Das ist etwa genauso viel wie ich für einen Abschluss bekomme, an dem ich eine Stunde arbeite. Ich arbeite dafür, dass du telefonierst. Ist dir überhaupt klar, wie gut es dir bei mir geht ...“ – Wie gesagt: Sie lächelt. Süffisant. Dann schlägt sie wieder auf.

Der Return kommt – und er bringt es tatsächlich fertig, auch den dritten Volley direkt vor sich ins Netz zu schlagen. Sie wechselt wieder die Position an der Grundlinie und sagt gar nichts. Sie macht nur so ein höhnisches Geräusch. Hmmmmhmmmmm! Er hört es und es trifft ihn direkt in die Magengrube. Denn er weiß natürlich ganz genau, was das bedeutet: „Wie sehr du dich auch aufspielst, du alter Gockel, wie du dich auch wichtig tust mit deinem Vertriebsleiterposten und mich und die Kinder tyrannisierst: Du bist und bleibst einfach eine Flasche!"

Dann ist sie dran. Erster Aufschlag: im Netz. Zweiter Aufschlag: im Aus.

Sie wechseln wieder die Position. Und während er an ihr vorbeigeht, sagt er ganz höflich: „Versuchs ruhig noch mal, Liebling." Und lächelt so nett, dass ihr davon schlecht wird. Denn sie weiß natürlich auch genau, was das heißt: „Liebling, siehst du nicht, wie tollpatschig du dich anstellst. Wenn du dich sehen könntest, würdest du dich nicht mehr darüber wundern, dass ich mit unserer Praktikantin vögel."

Und so spielen sie weiter. Ehepaar gegen Ehepaar. Jürgens Gegenspieler auf der anderen Seite hat einen Mordsaufschlag. Ass durch die Mitte. Ass cross geschlagen.

Und jedes Mal sieht Jürgen ziemlich albern dabei aus.

Aber wenn der Gegenspieler auf Doris' Seite schlägt, gibt er ihr immer die Chance zu einem guten Return.

„Es geht doch", sagt sie wieder lächelnd zu Jürgen.

Und Jürgen kocht vor Wut. Vor lauter Zorn schlägt er der Dame gegenüber seinen Aufschlag direkt auf den Körper.

Die schreit auf – und der Blick von Doris sagt wieder alles: „Genügt es nicht, dass du deine eigene Frau schon geschlagen hast?" Aber zur Gegnerin ruft Doris rüber: „Entschuldigung. Mein Mann möchte sich gern entschuldigen."

Wer am Ende gewonnen hat, ist wirklich unwichtig. Auf jeden Fall sitzen nach dem Spiel beide Ehepaare zusammen. Jürgen hat zu seinem Gegenspieler kurz bemerkt: „Da kann ich leider nichts machen." Und Doris hat nur zu ihrer Gegenspielerin gemeint: „Dein Mann spielt ja wirklich gut."

Und wenn Jürgen jetzt nicht sein Bierglas nimmt und es Doris ins Gesicht schüttet – dann ist alles wieder okay.

Diese Ehe ist nicht mehr zu erschüttern.

4
Bombe im Keller

Frikadelle Schmidt

Na, Gott sei Dank, jetzt wissen wir doch endlich, woher dieser ganze Sittenverfall in unserer Gesellschaft kommt! Endlich wird uns klar, warum überall der Anstand fehlt. Wie es nur angehen kann, dass Konzernchefs auf Kosten der Arbeitnehmer ins Edelbordell gehen und sich Edelhuren leisten; wie es nur sein kann, dass Bankenchefs Millionen Euro an der Steuer vorbei ins Ausland verschieben. Die Frikadelle Schmidt (ich nenne sie jetzt einfach mal so – eine Ehrenbezeichnung), die Präsidentin des Bundesarbeitsgerichts, hat es uns klargemacht: Mit der Frikadelle nämlich fängt es an. In einem Staat, wo eine Arbeitnehmerin eine übrig gebliebene Frikadelle einfach mal so aufisst, da kann man doch dann von keinem Bankvorstand mehr erwarten, dass er sich anständig verhält und niemals das Geld seiner Kunden auf dem Immobilienmarkt verzockt.

„Das ist Diebstahl und Unterschlagung", erklärt uns die Frikadelle Ingrid Schmidt. Und darum ist es in Ordnung, wenn eine Angestellte nach dreißig Jahren Betriebszugehörigkeit deswegen auf die Straße gesetzt wird. Wenn dagegen ein Konzernvorstand gehen muss, weil er das Unternehmen in die Pleite gewirtschaftet hat, dann kriegt er noch hundert

Millionen Frikadellen hinterhergeworfen. Und das ist auch in Ordnung. Er hat ja nur tausend Arbeitsplätze vernichtet und das ist nicht strafbar und verstößt nicht gegen den Anstand. Denn merke: Gesetze sind nicht für den Menschen da, sondern für den Richter. Er braucht kein menschliches Urteilsvermögen – es genügt, wenn sein ganzes Hirn eine Frikadelle ist. Herzlichen Glückwunsch, Frau Frikadelle Schmidt!

Nachrichten von der Bahn

Mal lange nichts von der Bahn gehört. Dabei wird doch der Service immer besser und besser.

Vor einer Woche, als ich im Intercity nach Frankfurt fuhr, hatte der natürlich ab Hannover zwölf Minuten Verspätung. Der Zugschaffner hat das auch ganz fröhlich verkündet: „Unser Zug hat leider circa zwölf Minuten Verspätung. Die Ursache ist ein Reinigungszug, der seit Hannover vor uns herfährt." Na ja, wenigstens eine Erklärung.

Ich fragte dann die Schaffnerin: „Könnten Sie mir das bitte noch einmal erklären. Wir haben Verspätung, weil ein Reinigungszug vor uns herfährt?" – „Ja, das tut uns leid", sagte sie, „aber den können wir ja nicht überholen, verstehen Sie." – „Ja," sagte ich, „das verstehe ich. Ich verstehe nur nicht, warum er vor uns herfährt." – „Natürlich weil er die Gleise reinigt", sagte sie. „Aha", ich war etwas verblüfft. „Hätte er dann nicht lieber hinter uns herfahren können?" – „Vielleicht schon", sagte sie, „aber dann würde er wieder vor dem nächsten Intercity vorausfahren."

„Das ist logisch", sagte ich. „So gesehen, wäre es dann wohl besser, demnächst lieber in den Reinigungszug einzusteigen, damit ich in Frankfurt meinen

Anschlusszug nach Darmstadt noch bekomme.“ – „Hm“, sagte sie nachdenklich. „Ich weiß nicht, ob das möglich ist. Ich werde mich erkundigen.“

Straßenlärm

Um Himmels willen: Der Frühling kündigt sich schon an. Bald geht es wieder los mit dieser Lärmbelästigung. Morgens um fünf fangen dann die verdammten Vögel an zu tirilieren, zu pfeifen und zu trällern, zu flöten und zu gurgeln. Schrecklich, diese Lärmbelästigung! Die meisten Vögel singen auch immer dieselbe Melodie. Eine nervtötende Dauerbeschallung. Aber noch viel schlimmer: Auch die Straßenmusiker kommen schon wieder aus ihren Löchern und machen Musik an der Ecke. Kaum kommt der erste Sonnenstrahl, setzen sie sich mit ihrem Akkordeon oder anderen Lärminstrumenten auf die freien Plätze der Stadt oder direkt neben den Wochenmarkt und spielen – zum Beispiel in Hamburg-Altona – „La Paloma" oder „Junge, komm bald wieder!". Wie sollen die Anwohner das denn aushalten? Den ganzen Winter über war es still. Da konnten die Stadtbewohner in aller Ruhe das harmonische Motorengeräusch der Autos, das melodiöse Hupen und den donnernden Rhythmus der Lkws genießen. Und jetzt soll diese schöne Auspuffstimmung mit Musikgeplärre gestört werden? Genau wie die Vögel in den Bäumen spielen die rücksichtslosen Straßenmusikanten ja auch noch immer dieselben Stücke.

Nein, das geht nun wirklich zu weit. Da musste zum Beispiel in Hamburg-Altona das Bezirksamt mal wieder energisch einschreiten. In den Fußgängerzonen hat die Behörde nun Schilder aufgestellt: Zehn Minuten Musik, allerhöchstens zwanzig Minuten sind noch auszuhalten. Danach aber muss der Sänger mindestens hundertfünfzig Meter weiterziehen, und er darf seine künstlerische Darbietung am selben Platz nur einmal zur Aufführung bringen.

Der Straßenmusiker ist verpflichtet, sich auf dem Amt eine Meldekarte zu besorgen, die er bei Kontrolle vorzeigen muss. Um in den Besitz dieser Karte zu kommen, soll er am besten direkt auf der Behörde seine Musikdarbietung vorführen. Und nur, wenn der zuständige Beamte dabei weiterschlafen kann, bekommt er die Genehmigung.

Alkolocks

Jetzt kriegen wir ja bald die „Alkolocks". In jedes Auto wird eine automatische „Tüte" eingebaut, in die der Autofahrer pusten sollte, bevor er losfährt. Hat er zu viel Promille, springt der Motor nicht an. Das Ganze soll aber freiwillig sein. Diese Idee zeugt von tiefer Menschenkenntnis.

Ich stelle mir vor: Der nicht mehr ganz nüchterne Autofahrer sitzt im Auto und guckt auf seine automatische Promille-Tüte. Sein Auto spricht zu ihm: „Bevor du losfährst, puste in meine Tüte." – „Wieso?", fragt der Fahrer zurück. „Ich bin nü- nüchtern!" – „Trotzdem", sagt das Auto. – „Glaubst du mir – hick! – etwa nicht?" – „Bitte, pusten!", sagt das Auto. – „Ich lasse mir nicht von einem Auto vorschreiben, ob ich nüchtern bin oder nicht." – „Das werden wir dann ja sehen", sagt das Auto. – „Hick", sagt der Fahrer, „du bist ja noch schlimmer als meine Alte!" – „Bitte pusten!", sagt das Auto. – „Die meckert mich – hick – auch immer nur an: Du bist schon wieder be- be- be- trunken Auto gefahren." – „Darum sage ich ja", sagt das Auto, „bitte pusten!" – „Also, du willst mich beleidigen. Mein ei- eigenes Auto, hick – beschuldigt mich, zu lügen!!" – „Bitte pusten!", sagt das Auto. – „Lass mich zufrieden, du blödes Auto mit deiner blö- löden

Tüte! Ich fahr jetzt los." – „Bitte vorher pusten!", sagt das Auto. Der Autofahrer resigniert: „Also – hick – also bitte schön." Und der Fahrer pustet. Dann stolpert er zurück in die Kneipe. „Herr Wirt, noch ein Bier. Mein Scheißauto ist besoffen und springt mal wieder nicht an!"

Anschläge

Alle möglichen verantwortungslosen Medien haben berichtet: Den Sicherheitsbehörden liegen Hinweise vor, dass Terroristen angeblich einen Anschlag auf den Reichstag in Berlin planen. Das hat den CDU-Politiker Siegfried Kauder (Bruder des CDU-Fraktionsvorsitzenden Volker Kauder) auf die großartige Idee gebracht: Wir müssen zur Bekämpfung der Terrorgefahr die Pressefreiheit einschränken. Denn erst dadurch, dass die Presse solche Tatorte nennt, kommen ja die Terroristen auf die Idee, dort einen Anschlag zu verüben. Ja, das stelle ich mir so vor: Da liest ein Terrorist die Zeitung und plötzlich geht ihm ein Licht auf und er ruft seinem Komplizen (natürlich auf Arabisch oder Iranisch) zu: der Reichstag! Das wäre mal ein schönes Terrorobjekt. Da wären wir ja nie draufgekommen. Der Reichstag. Mensch jetzt hab ichs. – Dann steht wieder in der Zeitung: Auch Volksfeste wären ein gutes Anschlagsziel. Schon wissen das auch die Terroristen! Von selbst würde denen das doch niemals einfallen. Also, ab sofort nicht mehr über den Reichstag berichten und auch nicht mehr über Volksfeste. Dankeschön, Herr Kauder!

Und ebenso der Schünemann, niedersächsischer Innenminister: Flugzeuge mit verdächtigem Gepäck sollte man abschießen dürfen. Auch eine schöne Idee.

Allerdings nur, wenn man als Terrorist sicher sein kann, dass Schünemann und Kauder auch selber mit drinsitzen.

Auf der Reeperbahn

„Auf der Reeperbahn nachts um halb eins – observiert man dich, fotografiert man dich, ob du 'n Mädel hast oder auch keins." Das ist dir natürlich vollkommen egal – solange du noch kein Mädel hast. Wenn du aber eins gefunden hast und sie soll deine „kleine Liebste sein, weil du ihr treu sein willst bis morgen früh um zehn" – ja dann solltest du es lieber nicht wie Hans Albers machen und sie auch noch auffordern, „hak mich unter, wir wollen zusammen mal bummeln gehen". Denn auf der Reeperbahn sind mindestens zwölf Videokameras installiert. Die filmen deinen Ausflug auf die sündige Meile – als Beweismaterial. Du musst damit rechnen, dass das Video mal irgendwann deiner Frau oder ihrem Rechtsanwalt vorgeführt wird. Und da sieht sie dann die „kleine Feine", zu der du gesagt hast, „komm doch, sei die meine, sag nicht nein".

Eine Frau hat gegen das Bundesverwaltungsgericht geklagt. Sie wohnt auf der Reeperbahn und fühlt sich andauernd überwacht und beobachtet. Aber ihre Klage wurde abgewiesen: „Die Videos werden ja nicht im Privatbereich gemacht", sagt das Gericht. Aber das ist es doch gerade: Die Reeperbahn ist Privatbereich und Gewerbegebiet zusammen. Obwohl natürlich – das ist klar – kein Mann außer Hans Albers jemals auf die Reeperbahn gegangen ist, um „sich zu amüsieren“, wie der blonde Hans es ausgedrückt hat. Ein einziges Mal ist es mir passiert: Da bin ich einem Kollegen auf der Großen Freiheit begegnet. „Mensch, Karl-Heinz, wo kommst du denn her?“ – „Woher soll ich schon kommen? Ausm Puff natürlich.“ Aber dem hätten auch die Videokameras nichts ausgemacht.

Burka für Männer!

Ich fordere hiermit ganz energisch das Recht für Männer, im öffentlichen Dienst eine Burka zu tragen. Sollte aber diese Forderung nicht erfüllt werden, so verlange ich wenigstens, dass auch Männern das Recht, im öffentlichen Dienst eine Burka zu tragen, verboten wird. Es geht doch wirklich nicht mehr so weiter. 2011 hat die hessische Landesregierung ein Gesetz verabschiedet, das es Frauen verbietet, im öffentlichen Dienst eine Burka zu tragen. Damit wird doch die Gleichbehandlung von Mann und Frau mit Füßen getreten. Wir Männer haben dasselbe Recht, etwas verboten zu bekommen wie Frauen! Außerdem: Es ist ja überhaupt nicht geprüft worden, ob von den insgesamt zwei Frauen, die im öffentlichen Dienst eine Burka tragen wollten, nicht die eine in Wirklichkeit ein Mann ist! Man kann es ja nicht erkennen.

Und dann die Begründung: Gerade im öffentlichen Dienst sei es wichtig, dass die Bürger dem Beamten, der ihnen die Parkplatz-Sondergenehmigung verweigert, ins Gesicht blicken können. Das ist doch Unsinn. Auch Beamte oder Beamtinnen sind nur Menschen und können mitunter ein bedauerndes Lächeln oder ein spöttisches Grinsen nicht ganz unterdrücken. Das führt nur zu Missverständnissen! Und was die religiöse

Begründung für die Frauenburka betrifft – sie verhindert, dass fremde Männer von einem schönen Frauenantlitz zu unschicklichen Gedanken verführt werden – ja und? Besteht nicht auch umgekehrt die Gefahr, dass ein verführerisch aussehender Beamter … ach so, Entschuldigung – so was kommt ja nicht vor. Na gut, dann brauchen sie auch keine Burka!

Oder höchstens gegen Mundgeruch.

Falsches Passwort

Ich glaub, ich bin jetzt draufgekommen: Er ist in der Pubertät. Mein Computer. Anders kann ich es mir nicht erklären – dass er so launisch ist. Genau wie meine Töchter in diesem gewissen Alter. Du kommst morgens zum Frühstück und sagst laut „Guten Morgen" – dann sehen sie dich an: „So? Findest du?" So benimmt sich jetzt auch mein PC.

Gestern erst wieder. Er behauptet, er kennt mein Passwort nicht! Der kennt mein Passwort ganz genau. Er hat nur einfach keine Lust. Mein Passwort ist Amazone. Ein schönes Passwort. Heinrich von Kleist. Penthesilea.

Ich bleibe ganz ruhig und gebe das Passwort noch einmal ein. „Falsches Passwort. Geben Sie das richtige Passwort ein." Ich fühle, wie Zorn in mir aufsteigt. Aber ich bleibe immer noch ruhig. Ich gebe das Passwort noch einmal ganz langsam ein. A – m – a – z – o – n – e.

„Falsches Passwort. Geben Sie das richtige Passwort ein." Jetzt hat er mich so weit!

„Du mieser, kleiner Scheißapparat, du! Du willst dich über mich lustig machen, du Mistkasten! Ich nehm dich gleich und schmeiß dich aus dem Fenster!" – Sofort kommt die Stimme meiner Frau aus dem anderen Zimmer: „Ja, deswegen mag er dich nicht! Weil du ihn immer beschimpfst!“ Ich sage: „Unsinn! Der kann mich doch gar nicht hören!“ – „Oh, doch“, sagt meine Frau, „auch elektronische Geräte haben eine Seele.“ Ich sage: „So ein Unsinn! Wenn er mein Passwort nicht kennt, dann weiß er gar nicht, wer ich bin. Dann kennt er sich noch nicht einmal selbst!“ – „Ja, dann gib doch das richtige Passwort ein.“ Ich sage: „Verdammt noch mal, das tu ich doch die ganze Zeit: Amazone!“

Da kichert meine Frau: „Das heißt aber Amazon!“, sagt sie. „Ohne mit e hinten.“ – „Ach, sei doch still“, sage ich. „Ich kenne doch wohl Penthesilea!“ – „Wer ist das denn?“, fragt meine Frau. Ich verzichte auf jedes weitere Wort.

Und nur aus Unsinn, nur mal so zur Probe gebe ich ein: Amazon – also ohne mit e hinten.

Sie ahnen es natürlich: Das Miststück von PC öffnet sich. Ich kann ihn richtig grinsen hören. So weit ist es nämlich schon, dass mein Computer mit meiner Frau unter einer Decke steckt!!

Kind im Brunnen

Das unfassbarste Ereignis im Jahre 2012 war für mich nicht etwa die Beleidigung des Heiligen Vaters (Urinfleck auf der Soutane), nein, für mich war unfassbar: Da springt eine Kindergärtnerin ohne jede Genehmigung und ohne jede Rückfrage beim zuständigen Erdlochamt in ein fünfundzwanzig Meter tiefes Erdloch, einen Schacht, um ein dreijähriges Kleinkind zu retten. Und nun wird diese Frau, die völlig unüberlegt und ohne Erledigung der erforderlichen Formalitäten handelte, als Vorbild für uns und unsere Kinder gefeiert. Als Vorbild? Sie trug ja noch nicht einmal einen Schutzhelm! Sie hat sich noch nicht einmal bei ihrer Berufsgenossenschaft rückversichert. Die Berufsgenossenschaft hat schließlich für den Schaden zu haften, den jemand bei Ausübung seines Berufes anrichtet. Sie hätte doch mindestens den diesbezüglichen fünfseitigen Fragebogen vorher ausfüllen müssen! Außerdem versäumte es die Kindergärtnerin, sich die Einwilligung der Eltern einzuholen. Das kann sie noch teuer zu stehen kommen. Ohne jede Rücksicht auf die Gesellschaft, in der wir leben, springt diese Frau einfach in so einen Schacht – der ja unter Umständen sogar unter Denkmalschutz steht und von Privatpersonen überhaupt nicht besprungen werden darf! Wenigstens beim zuständigen Ordnungsamt hätte sie sich die Genehmigung einholen müssen. Schließlich darf hierzulande nicht jeder einfach so in ein Erdloch springen, welches – wie wir ja jetzt erfahren – vorschriftsmäßig abgedeckt war. Dafür wird sie sicher noch ein empfindliches Bußgeld zu zahlen haben. Nein, es ist wirklich unfassbar: Ohne behördliche Genehmigung durch das Bauamt, ohne Rücksichtnahme auf die Krankenkasse und die Polizei – einfach spontan ein Kind zu retten! Mein Gott: wenn das jeder machen würde!

Morgengebet eines kleinen Angestellten

Jeden Morgen, halb sieben genau,
zieh ich in den Krieg.
Ich muss wachsam sein und schlau,
dass stets ich die andern niederhau
und bis sechzehn Uhr nicht unterlieg.

Gleich als Erstes schleudre ich
mutig manchem Feind
einen „Guten Morgen!“ ins Gesicht.
„Guten Morgen!“, sagt er – und erkundigt sich,
wie's mir geht. Ich weiß schon, wie er's meint.

Schwierig ist die Übersicht
in der heißen Schlacht.
Einer stirbt und weiß es nicht.
Der, dem man das Rückgrat bricht,
dankt dem Chef und lacht.

Niemals hörst du einen Schrei
oder Bombenschlag.
Dieser Krieg läuft störungsfrei.
Wer dich abschießt, schwört dabei,
dass er grade dich so gerne mag!

Und im Fahrstuhl lacht dich einer an.
Was wohl der bezweckt?
Als er aussteigt, siehst du, dass der Mann
vorne freilich nur noch lachen kann
weil ein Auftragsrückgang ihm im Rücken steckt.

Auf der Fahne steht: Profit!
Aber, pfui, so sagt man das doch nicht,
weil man sich doch immerhin bemüht
und das Menschliche miteinbezieht.
Wie humorvoll der Direktor spricht!

Wenn der Krieg zu Ende ist ...
doch er ist ja nie zu End.
Dieser Krieg, wo man sich freundlich grüßt,
um Verständnis bittet, wenn man schießt,
seinen Ausstand gibt, wenn man verbrennt.

Ausländer und Verschüttete

Die ganze letzte Zeit habe ich immer nur „Bahnhof" verstanden beziehungsweise gelesen. Und dann noch von Ausländern, die keiner mehr haben will und von Verschütteten und nicht mehr zu Rettenden tief unter der Erde. Ich muss das mal irgendwie sortieren.

Das mit den Ausländern, das war wohl der Seehofer, dieser Obermufti der Bajuwaren, einer kleinen, widerspenstigen Sekte im Süden.

Er hat gesagt, wir brauchen keine Zuwanderer mehr aus fremden Kulturen. Damit hat er aber doch seiner eigenen bajuwarischen Religionssekte praktisch die Einwanderung verweigert. Ich meine: Wir haben doch nichts gegen die Bayern. Sie haben nun mal ihre eigenen seltsamen Sitten und Gebräuche, ihre fremdartige Kultur. Klar, der deutsche Durchschnittsbürger fürchtet sich ein bisschen vor ihren wilden Ritualen – wenn sie zum Beispiel mit nackten Waderln in Lederhosen umherspringen und sich gegenseitig auf den Hintern hauen. Aber das müssen wir aufgeklärten, modernen Bürger doch mit Toleranz betrachten. Sogar ein Bundespräsident soll ja gesagt haben: „Die Bayern gehören auch zu Deutschland dazu!"

Na ja – und dann alles, was sich unter der Erde abgespielt hat. Die SPD ist verschüttet! Ganz unten im

Bergwerk zittert sie und fürchtet sich in der Dunkelheit bei einer eisigen Temperatur von dreiundzwanzig Prozent. Ihr Vorarbeiter krabbelt da unten hilflos und bibbernd herum und stolpert nur noch über die bereits grausam verendeten ehemaligen Kumpel der FDP. Aber wieso lese ich überall was von Rettung aus der Tiefe? Sie hätten alle überlebt und so weiter? Ich sehe keine Rettung – weder für die SPD noch für all die anderen unterirdischen Gestalten, die in ihrer Finsternis umherirren. Sind die denn überhaupt noch zu retten?

Ausbruchsicher

Oh Mann, jetzt bin ich aber aufgeregt. Ich bin nämlich jetzt sozusagen staatlich beauftragt, vom Bezirksamt Hamburg-Wandsbek – ich soll das Ausbruchsproblem der Justizvollzugsanstalten lösen. Die kriegen das ja offenbar nicht in den Griff. Schon wieder sind zwei Gefangene ausgebrochen: Schwerverbrecher aus der JVA Aachen, und zwei – nicht ganz so schwere – Jungs aus der JVA Münster. Die konnten an der Regenrinne runterklettern. Die Sicherheitsexpertin von NRW, Frau Grudrun Schiewe sagt: Egal wie sicher ein Gefängnis ist, Ausbrüche wird es immer geben. Denn, so sagt sie, die Aufsichtsbeamten müssen ja auch mal in die Werkstatt – die Kontrolle ist in dem Moment temporär nicht gegeben. Gefängnisse sind nun mal nicht ausbruchsicher.

Nun schreibt mir aber das Bezirksamt Wandsbek: „Eine Frau K. hat uns angezeigt, dass Ihr Hund (am 15.12. fünf Monate alter Welpe) ihr Grundstück verlassen hat und ihr (Frau K.) und ihrem Hund nachgelaufen ist." – Weiter schreibt das Amt: „Die zuständige Behörde kann das Halten eines Hundes durch Anordnung einer ‚ausbruchsicheren' Haltung ..." beschränken.

Auch wenn der Postbote die Gartenpforte mal nicht schließt oder wenn ein Maulwurf das Gitter untergräbt, sodass „die Kontrolle in dem Moment temporär nicht gegeben ist“, hat mein Garten ausbruchsicher zu sein. Auf diesen Auftrag bin ich stolz. Wenn ich die Aufgabe gelöst habe, werde ich die Lösung unverzüglich an das Justizministerium weitergeben, damit die ihre Gefängnisse ebenfalls ausbruchsicher machen können. Danke, liebes Bezirksamt!

Der Blumenkrieg

Wenn meine Schwiegermutter Oma Gerda so erzählt, oh, da geht einem das Herz auf. Sie ist jetzt schon zweiundneunzig Jahre alt. So richtig leidenschaftlich und lebendig wird sie, wenn es um ihren Balkonkasten geht. Sie wohnt nämlich neben Frau Klara Marquardt – und die hat auch einen Balkonkasten. Aber der ist ja nun wirklich ein Trauerspiel gegen den Balkonkasten von unserer Schwiegermutter!

„Seht euch doch mal meine Geranien an!“, ruft Oma Gerda, kaum dass wir ihre Wohnung betreten haben. „Ist das nicht eine Pracht? Habt ihr schon mal solche wunderschönen Geranien gesehen? Die roten und besonders die weißen, guckt doch mal, guckt doch mal!“ Und wir gucken. Tatsächlich: Gerdas Balkonkasten quillt geradezu über von der Pracht ihrer Geranien.

„Und nun guckt euch mal die Geranien von der Marquardt an!“, sagt Oma Gerda und lacht ein bisschen gehässig. „Sie schafft es nicht. Sie schafft es einfach nicht. Die weißen Blüten da drüben, da kriegt man ja das heulende Elend.“

Ja, in der Tat. Sieht alles ein bisschen müde aus bei der Marquardt. „Und dabei kauft sie jedes Jahr auf dem Markt neue Pflanzen, die Marquardt“, sagt Oma. „Aber was nützt ihr das? Ich lass meine Geranien jedes

Jahr im Keller überwintern und hol sie dann im Frühjahr wieder rauf. Und das wissen die Geranien. Darum danken sie es mir. Und dann müsst ihr bloß mal sehen, wie die Marquardt neidisch guckt, wenn sie auf den Balkon kommt und meine Geranien sieht. Die ärgert sich jedes Mal grün, sag ich euch!" Oma sagt, nächstes Jahr will sie auch noch Petunien dazusetzen, rote, blaue und gelbe. Ich sage: „Mensch, Oma, lass das lieber. Sonst springt die Marquardt noch mal vor Verzweiflung vom Balkon."

„Kann schon sein", sagt Oma und kichert. „Kann schon sein."

Dringendes Problem

Verdammt, was sollen wir jetzt machen? Neulich ist bei uns in der entfernteren Nachbarschaft eine Bombe hochgegangen – und hat ein ganzes Haus zerstört. Das war ein Blindgänger aus dem Zweiten Weltkrieg. Der lag da also schon über sechzig Jahre. Plötzlich hat es gekracht.

Das hat uns auf den Gedanken gebracht, ob vielleicht unsere Bombe, die bei uns im Keller liegt, tatsächlich auch noch mal hochgehen könnte. Wir haben sie vor zwanzig Jahren mal ganz zufällig entdeckt. Lag unter der Kellertreppe halb eingebuddelt. Zuerst haben wir gedacht, das ist 'ne alte Regentonne oder so was, aber dann hat uns unser Opa bestätigt: Nee, das ist 'ne Bombe. Er wusste sogar die fachliche Bezeichnung. Kaliber XXY oder so, 500 lb, was auch immer das bedeutet.

Na ja – haben wir uns gedacht, nun liegt das Ding da schon so viele Jahre und rührt sich nicht, dann wird es wohl auch noch weiterhin da liegen. Jetzt die Polizei rufen und einen Bombenentschärfer – und am Ende geht dann doch das ganze Haus hoch, nö, das wollten wir eigentlich nicht. Auch wegen der Nachbarn – soll man die beunruhigen? Nachher fangen die noch an zu meckern: Das hättet ihr viel eher melden müssen und so weiter und so weiter. Kennt man ja. Aber wo nun neulich diese andere Bombe hochgegangen ist, haben wir angefangen zu überlegen, ob es vielleicht doch besser wäre, sie einfach wegtransportieren zu lassen. Und weil wir uns nicht entscheiden konnten, haben wir eine Kommission gegründet. Ethik-Kommission haben wir die genannt. Das sind unser Pfarrer und ein entlassener Bundeswehrsoldat und der Gemüsehändler und Frau Doberle, die Hundezüchterin. Mit denen setzen wir uns jetzt mal hin und diskutieren darüber, ob so eine Bombe überhaupt gefährlich ist und ob es nicht viel zu teuer ist, sie wegzuschaffen. Ich meine: Wenn sie wirklich hochgeht, sind wir ja vielleicht grade im Urlaub. Man muss ja auch ein bisschen auf sein Glück vertrauen!

Böse Ahnungen

Oh Mann, oh Mann, das ging mir aber nahe. Ich bin zufällig an einer großen Weide vor der Stadt vorbeigekommen. Mindestens hundert gut genährte Gänse liefen darauf herum und schnatterten und schnatterten. Dann bildete sich ein Halbkreis um einen großen Ganter. Der schnatterte am lautesten: „Alle mal herhören. Ich bin zufällig in die Küche unseres Bauern geraten. Da lief das Radio und die Kanzlerin, Frau Merkel, hielt gerade eine Rede – und zwar im Bundestag. Ich konnte nur einzelne Sätze verstehen. Aber es scheint sich um etwas Bedrohliches zu handeln. Sie sagte so etwas wie: ‚Die volle Wucht der harten Wahrheit kommt erst noch ...‘ Oder: ‚Wir müssen darauf gefasst sein, dass das dicke Ende jetzt erst kommt.‘“

„Was kann denn das bedeuten?“, schnatterten einige Zuhörergänse zurück.

„Ich weiß es nicht genau“, schnatterte der Ganter. „Aber immer wieder sprach sie von der vollen Wucht, die uns jetzt treffen würde. ‚Es wird jetzt ganz hart!‘, hat sie noch gesagt. Und: ‚Da kommt was auf uns zu, mit voller Wucht!‘“

„Ach, was solls“, schnatterte ein anderer Ganter. „Es geht uns doch gut. Ich fühle mich geradezu gemästet. Die werden uns schon nicht umbringen – so kurz vor Weihnachten."

Na ja, hab ich gedacht, die Gänse ahnen eben ihr Schicksal noch nicht. Aber ganz ehrlich: Nach dieser Rede von der Merkel im Bundestag warte ich nun jeden Tag darauf, dass wir geschlachtet werden.

Geliebtes Auto

Jetzt muss ich aber auch mal laut und wütend protestieren. Als Wutbürger! Jawohl! Sie wollen uns nämlich fertigmachen. Die da oben. Umbringen wollen sie uns. Angefangen hat es schon mit den Nudeln. Ich sage nur: Salmonellen. Einige sind daran krepiert. Aber die meisten – haben den Anschlag überlebt. Dann haben sie versucht, uns wahnsinnig zu machen. Mit BSE. Wir waren kurz davor, den Verstand zu verlieren. Zuletzt haben sie es mit Dioxin in den Eiern versucht. Auch das haben wir überstanden. Ich ess schon wieder mein Frühstücksei.

Aber was sie jetzt mit uns machen – das lass ich mir nicht mehr gefallen! Sie haben es nicht nur auf mein Leben und das Leben meiner Kinder und meiner Frau abgesehen – nein, sie wollen doch tatsächlich mein Auto umbringen. Das heiligste Gut, das ich als deutscher Mann besitze. Das Liebste wollen sie mir nehmen, an dem mein Herz hängt. Seit 2011 soll ich meinem geliebten Auto ihr plastikschlauch-zerstörendes E10 zu saufen geben! Zum Mörder meines Autos soll ich werden! Oh nein, ihr da oben. Das werde ich nicht tun! Nicht einmal die Polizei gibt ihren Peterwagen euer vergiftetes Benzin. Und wenn ich dann zum Beispiel demnächst eine Bank überfallen habe und will in meinem Auto fliehen – dann fängt es an zu tuckern und zu stottern – und die Polizei holt mich ein!

Oh nein, mein Auto, mein Baby, mein Schatz, sei ganz ruhig. Ich werde dich dieses Wochenende wieder waschen. Mit Glanzpolitur! Aber vergiften werde ich dich nicht! Sei ganz ruhig, mein Schatz. Ich hab dich doch so lieb!

Veermaster Gorch Fock

Hier hoch im Norden kennen natürlich alle das Lied vom Hamborger Veermaster! „De Masten so scheep as den Schipper sin Been!“ und so weiter. Haarsträubende Zustände jedenfalls. Das Lied hat jetzt ein paar neue Strophen bekommen, die von den Seeleuten auf großer Fahrt gesungen werden:

Ick heff mol en Hamborger Veermaster sehn
To my hooday! To my hooday!
De Masten so scheep as den Schipper sien Been
To my hooday, hooday, hoo!

Dat Deck wär voll Isen, vull Schiet un vull Smeer.
To my hooday! To my hooday!
Ton Freustück dor gev dat de erste Boddel Beer.
To my hooday, hooday, hoo!

Un kotz mol een Offizier op dat Deck!
To my hooday! To my hooday!
Denn leckten de Smutjes dat gau wedder weg!
To my hooday, hooday, hoo!

Un full ut de Seils vun ganz boben ne Deern,
To my hooday! To my hooday!
Denn dacht de Minister: Na, dat kann ja mol passeern!
To my hooday, hooday, hoo!

Un güng öber Bord eene Fru in dat Meer
To my hooday! To my hooday!
Denn fierten se wieder, dat steuert se nich sehr.
To my hooday, hooday, hoo!

Blow, boys blow, de Minister sä Hoho!
Ick sitt trocken an Land
Mi is nix bekannt!
Mok am besten keen Lamento!

So in etwa steht es jedenfalls – in Hochdeutsch – im Bericht des Bundeswehrbeauftragten.

Mit Helm zu Bett!

„Kennst du das Land, das die Harke erfand? / Tritt nie aufs Geharkte im deutschen Land. / Weil darin der Deutsche keinen Spaß versteht. / Ins Zuchthaus gehört, wer seinen Rasen nicht mäht." – Also wirklich, meine Damen und Herren, es ist doch kaum zu verstehen, dass es immer noch kein Rasenmähgesetz gibt – beziehungsweise ein gesetzliches Verbot, seinen Rasen länger als eine Woche nicht zu mähen. Das Heckenschneidegebot gibts ja schließlich auch schon. Das Rauchverbot in vielen Kneipen ist längst Wirklichkeit. Da liegt es doch nahe, dass man mal überlegt, welche Vorschläge man unseren Politikern noch machen könnte – damit sie sich mit weiteren Verbotsforderungen profilieren können. Es wundert mich ja schon lange, dass das Atmen nicht mal irgendwann reglementiert wird. Nachweislich brauchen Dicke mehr Sauerstoff als Schlanke. Vor allem: Sie atmen mehr CO2 aus – und belasten damit die Umwelt. Irgendein Hinterbänkler wird es schon noch merken. Damit kann er es dann im nächsten Sommerloch schaffen, auf die Titelseite der BILD-Zeitung zu kommen. So wurde schon wieder die Fahrradhelmpflicht gefordert. Fahren ja auch schon viele mit so 'nem Ding auf dem Kopf herum. Da komme ich mir richtig verantwortungslos vor. Fast siebzig Jahre bin ich ohne Helm gefahren!

Und gewandert bin ich bisher immer ohne Skistock – dabei gibt es so viele sehr vernünftige Menschen, die mitten im Sommer mit zwei Skistöcken marschieren. Damit sie nicht ausrutschen können, nehme ich an. Bestimmt kommt auch bald ein Gesetz für das Tragen eines Betthelms – also eines Helms, den man im Bett aufsetzen muss, falls man mal aus dem Bett fällt. Wunderbar, herrlich: alles so schön beknackt hier!

5
Im Jahre 2027

Gas steigt nach oben

Mein Interview mit dem Gasdirektor:

„Herr Gasfabrikdirektor Piessen, ab 1. Januar werden Sie also den Gaspreis abermals um zehn Prozent erhöhen ...“

„Ja, das ist eben leider so. Weil der Gaspreis hängt ja mit dem Ölpreis zusammen.“

„Das meine ich ja. Der Ölpreis sinkt doch zur Zeit. Da müsste dann doch auch das Gas billiger werden.“

„Sehen Sie, es ist ja leider so: Der Gaspreis ist mit dem Ölpreis gekoppelt. Wenn also das Öl teurer wird, muss auch das Gas teurer werden.“

„Wie bitte? Ich sagte doch gerade: Das Öl wird billiger, also müsste doch auch das Gas billiger werden.“

„Es hängt damit zusammen, dass Öl und Gas miteinander zusammenhängen. Wenn also das Öl teurer wird, muss auch das Gas teurer werden.“

„Entschuldigung, Herr Gasfabrikdirektor, haben Sie eventuell einen Gehörschaden?“

„Wie bitte? Ich habe Sie nicht verstanden.“

„Ja, den Eindruck hatte ich auch. Ich habe Sie gefragt: Wenn das Öl billiger wird, müsste doch auch das Gas billiger werden.“

„Ja, ganz recht. Das Gas hängt mit dem Öl zusammen. Wenn das Öl teurer wird, muss leider auch der Gaspreis angehoben werden."

„Verdammt noch mal, *gesenkt*, Herr Gasdirektor. Der Gaspreis muss *gesenkt* werden."

„Nein, leider ist es ja so: Wenn das Öl teurer wird, muss auch das Gas teurer werden, weil ja ..."

„... das Gas mit dem Öl zusammenhängt, was sowieso keine Sau begreift. Aber wenn es doch mal billiger wird, das Öl. Hören Sie: Das Öl wird billiger."

„Sagten Sie billiger? Das Öl? Wird billiger?"

„Na, endlich!"

„Augenblick, da müsste ich erst mal in meinem Ausredenverzeichnis nachsehen, warten Sie mal. Hm. Nee, da finde ich jetzt grad nix. Hier steht leider nur: Wenn das Öl teurer wird, wird auch das Gas teurer. Ich hoffe, meine Informationen konnten Ihnen weiterhelfen."

Licht aus!

Ich habe mich ja immer schon gefragt: Warum dauert es so lange, bis eine Energiesparlampe endlich ihr bisschen Licht abgibt? Jetzt weiß ich es: Sie hat ein schlechtes Gewissen. „Oh weh! Wenn ich mal kaputtgeh, dann werde ich giftig und bringe kleine Kinder um.“ Dabei kann sie selber ja gar nichts dafür, die giftige Lampe. Die Ratsherren aus Schilda (aus Brüssel) haben sie uns doch verschrieben. Und nun stellt sich raus: Wenn so eine Lampe zerbricht, wird Quecksilberdampf frei. Kinder und Schwangere sind besonders gefährdet. Aber bitte keine Panik! Man muss sich nur an die Empfehlungen des Umweltbundesamtes halten: Wenn eine Lampe zerbricht, mindestens drei Stunden keine Luft holen und die feinen Splitter nicht aufessen. Es wird auch empfohlen, die Lampen mit Kunststoff einzuwickeln – oder mit Fliegendraht, damit keine Scherben herumfliegen können.

Anzubringen sind die Lampen in Zukunft nur an Stellen, wo sie beim Zerbrechen keinen großen Schaden anrichten – also zum Beispiel Leselampen nicht mehr über, sondern unter dem Bett, ebenso im Speisezimmer unter dem Tisch und nicht darüber. In Kinderzimmern soll man in Zukunft lieber wieder brennende Kerzen aufstellen. Die können nicht zerbrechen, sondern höchstens das Zimmer in Brand setzen. Aber das merken die Kinder ja und laufen dann raus. Während sie Quecksilberdampf einfach so einatmen und sich nur wundern, wenn sie morgens nicht wieder aufwachen. Am sichersten ist es natürlich, die Lampen gar nicht erst einzuschalten. So macht es ja auch die Lobby von der Sparlampenindustrie: Sie bleibt schön im Dunkeln – und kann nichts dafür.

Na, so ein Glück!

Da berichtet doch eine Hamburger Tageszeitung, dass ihr Redakteur (mit Foto) beinahe furchtbar verunglückt wäre. „Beinahe wäre ich mit der Ostseefähre Lisco Gloria verbrannt oder untergegangen", berichtet der Mann. „Aber Gott sei Dank: Im letzten Moment bin ich noch sechs Stunden vorher im Kieler Hafen an Land gegangen."

Aber noch immer sitzt ihm der Schreck im Magen und ein kalter Schauer geht ihm den Rücken runter. Denn wenn er nicht sechs Stunden vorher ausgestiegen wäre, dann wäre er ja wie die andern Passagiere an Bord gewesen, als das Feuer ausbrach. Aber zum Glück ist er ja sechs Stunden vorher von Bord gegangen.

Unfassbar diese Glücksfälle. Eine Freundin hat mir mal berichtet, sie hatte schon den Flug nach Hawaii gebucht, hat ihn aber im letzten Moment wieder gecancelt, weil sie die Grippe bekam. Das Flugzeug ist dann nicht abgestürzt – aber sie stellt sich jetzt immer noch vor: Wenn das Flugzeug nun abgestürzt wäre, dann hätte sie als Einzige überlebt, weil sie die Grippe bekommen hatte.

Karl Valentin hatte schon mal ein ähnliches schreckliches Erlebnis wie der Redakteur der Tageszeitung. Er berichtete – und der Schreck stand ihm noch ins Gesicht geschrieben: „Gestern wär i fast von der Tramway überfahren worden. Aber im letzten Augenblick bin i z'Haus blieben." Na, so ein Zufall. Aber nicht jeder kann so ein Glück haben. Wenn mein PC abgestürzt wäre, hätte ich diese Zeilen gar nicht schreiben können. Aber im letzten Moment ist er doch nicht abgestürzt. Pech gehabt, liebe Leser!

An der Front

Junge, Junge, jetzt ziehen sie aber wieder hinaus an die Front. Im schweren Kampf gegen die Feinde der sauberen Fliesen, der unbefleckten Holz- und Metallzäune – mit einem Wort gegen den Feind, der da Unkraut heißt und Moos und Algen.

Der Schrebergärtner oder der Hausbesitzer zieht mit der Kärcher-Hochdruck-Wasserflinte auf die Veranda oder auf den Eingangsbereich seines Häuschens. Wenn dann der Wasserstrahl sich auf die Platten richtet und einfach alles, was da nicht hingehört, wegfetzt, spricht der brave Gartenfreund vor sich hin: „Was bildet ihr euch eigentlich ein, ihr Gesindel? Vor einem Jahr hatte ich euch doch schon den Garaus gemacht. Aber nein, ihr müsst schon wieder euer freches Grün aus den Ritzen zwischen den Platten hervorstrecken. Ich will euch nicht! Ich will nicht, dass ihr mitten auf der Veranda wachst und blüht, weg mit euch! Verschwindet. Ich mach euch fertig!" So geht er Stück für Stück und Platte für Platte mit seinem Kärchermaschinengewehr vor und metzelt alles nieder, was da gegen seinen Willen leben will.

Es macht ihm Vergnügen, alles Grüne, alles sich regende Unkrautleben wegzuschießen, bis seine

Fliesen alle sauber sind. „Wunderbar, alles tot, alles vernichtet!“, spricht er zum Schluss zu sich selbst.

„Reinkommen, mein Schatz“, ruft seine Frau von drinnen. „Fröhliche Ostern!“

Bücher sind nützlich

Unsere Nachbarin, Frau Meienhofer, hat jetzt alle Bücher in ihren Regalen nach der Farbe der Buchrücken geordnet. Also alle roten Buchrücken zusammen und alle blauen und alle gelben und alle grünen. Das sieht toll aus, sagt sie, das bringt so eine Ruhe in ihre Bücherwand. Sie hat ihre Wohnung ja nach Feng-Shui eingerichtet. Natürlich steht jetzt Wallraff neben Sarrazin (beide rot) und die beiden gelben Kochbücher neben Goethes gelbem Faust, die blauen Gymnastikbücher stehen direkt neben der blauen Nele Neuhaus „Wer Wind sät".

Und darauf kommt es an, sagt Frau Wellner, dass die so wunderschön blau sind, sodass das Chi auch im Bücherbord richtig fließen kann. Ich finde diese Methode, Bücher zu nutzen, originell und sinnvoll. Bücher werden ja sonst meist von kleinen Menschen nur als Unterlage auf dem Stuhl gebraucht, damit sie über den Tisch gucken können. Häufig nimmt man Bücher auch, um Höhenunterschiede auszugleichen. Bei uns liegen ein Wahrig und ein Walser unter dem angezogenen Bein eines Karussellpferdes. Das würde sonst umkippen.

Mit Büchern kämpft man gegen Feindschaft und Missgunst. Neulich, als unser Kater wieder auf den

Hund losging, habe ich mit dem Kapital von Karl Marx nach ihm geworfen. Der hat vielleicht einen Schreck bekommen, der Kater. Manche Bücher sind richtig gefährlich. Die mit den scharfen Kanten sollte man lieber nicht auf seine Frau werfen. Zum Mückentotschlagen eignen sich mehr die großformatigen und nicht so umfangreichen Bücher. Jedenfalls: Bücher sind nützlich, Bücher muss man haben. Im März ist Buchmesse in Leipzig, im Oktober in Frankfurt. Ein Buch zu schreiben und zu verkaufen ist ungefähr so sinnvoll wie Sand an einem Badestrand verkaufen zu wollen.

Ich bin Buchautor – und Satiriker und einiges mehr – wie Sie auf diesen Seiten nachlesen können …

Das Gerücht

Kennt man doch, diese Taschenspielertricks bei den Sportlern, da geht doch das Gerücht: Jeder Sportler trägt einen Vorrat mit Fläschchen oder kleinen Gummibeuteln mit fremdem, unbelastetem Urin mit sich herum. Und ein paar Haare auszutauschen, das ist ja dagegen eine Kleinigkeit.

Überhaupt, diese ganze mühsame Beweissuche, was soll das überhaupt? Ich meine, dass jemand, der bereits verdächtigt wurde, dann immer noch beweisen will, dass er unschuldig ist. Da kann er sich noch so viel Mühe geben, eines kann er ja doch nicht erreichen: zu beweisen, dass er nicht verdächtigt wurde. Denn wer verdächtigt wird, der ist nun mal verdächtig. Grade im Berufsleben ist das oft sogar tragisch. Eckard Bonemann in der Versicherungsgruppe Feuer und Hochwasser war der sichere Anwärter auf den Gruppenleiter-Posten, und er wäre garantiert Gruppenleiter geworden, wenn Arnold Kleiber nicht auf dem Betriebsausflug die junge Frau Siebrich gefragt hätte: „Sagen Sie mal, neulich im Fahrstuhl, da hat Sie der Bonemann tatsächlich an die Brüste gefasst?“ – „Wie bitte“, hat die Siebrich gefragt, „wer sagt denn das?“ – „Das will ich Ihnen lieber nicht sagen, aber wenn es so war, dann können Sie es mir ruhig sagen.“ – „Nein, das stimmt nicht. Der Bonemann hat mir auf keinen Fall an die Brüste gefasst." – Zufällig hat Kleibers Kollegin, Frau Metz, das mitgehört und schon war es rum: Bonemann hat Siebrich neulich im Fahrstuhl an die Brüste gefasst. Ausgerechnet Bonemann, der Saubermann, da sieht mans mal wieder.

Ja, aber die Siebrich bestreitet doch ausdrücklich, dass der Bonemann ihr an die Brüste gefasst hat. Ja, natürlich bestreitet sie das. Bleibt ihr ja auch nichts anderes übrig. Sie kann es ja auch nicht beweisen, sie war ja mit dem Bonemann – widerlich, wenn man sich das vorstellt – allein im Fahrstuhl. Na, der Bonemann ist dann noch zur Geschäftsleitung gegangen und hat verlangt: Die Frau Metz soll gefälligst dazu stehen, dass sie behauptet, er, Bonemann, habe die Siebrich an die Brüste gefasst. Die Metz hat natürlich gesagt, das habe sie nicht behauptet, sie habe nur davon gehört, dass es behauptet würde.

Und fast alle Kollegen haben gesagt: Dann soll der Bonemann doch erstmal beweisen, dass er der Siebrich nicht an die Brüste gefasst hat. Aber das kann er natürlich nicht beweisen. Und eines ist ja wohl klar, als Gruppenleiter ist Bonemann nun wirklich nicht geeignet. Denn selbst wenn er irgendwann mal beweisen könnte, dass er der Siebrich nicht an die Brüste gefasst hat, weiß doch jeder genau, dass er nichts lieber getan hätte als der Siebrich an die Brüste zu fassen. Und im Übrigen: Keine Frau bei uns im Büro möchte jemals wieder mit diesem Bonemann allein im Fahrstuhl fahren. Außer die Gloebel natürlich, die soll ja neulich, also da kann einem der Bonemann ja nun direkt wieder leidtun ... Aber wo er den Ruf nun mal hat, konnte er die Gloebel sicher auch nicht enttäuschen.

Ich nehm nix gratis

Benedikt hat Geburtstag und die Salafisten verteilen den Koran gratis. Ja, echte Glaubensbringer bringen den Glauben immer gratis. Auch die Bibel liegt immer noch in vielen Hotelzimmern in der Nachttischschublade. Sonst ist da ja nix drin, in der Schublade. Man sucht vielleicht nach einem Flaschenöffner und findet die Bibel. Wenn man sie mitnehmen würde, würden Hotelbibel-Verteiler sich sogar freuen und eine neue liefern.

Was die Koranverteiler angeht, muss ich sagen: Das macht mich in Bezug auf die da gratis angebotene Religion eher skeptisch. So nach der Erfahrung: Was man umsonst kriegt, kann doch nichts wert sein. Ob nun Mohammed oder Jesus – wenn ich das Gefühl habe, die wollen sich mir aufdrängen, dann bin ich nicht mehr interessiert. Sie haben ja auch fast alle dieselbe Werbeaussage: Wenn du nicht an unsern Gott glaubst, dann musst du in der Hölle schmoren. Das ist mir irgendwie zu erpresserisch. Man muss natürlich nicht so unhöflich sein, einen Gratiskoran oder eine gratis angebotene Bibel nicht anzunehmen. Es muss einem dann aber auch freigestellt bleiben, was man damit macht. Bei uns dient zum Beispiel ein Buddhabuch als Ersatz für ein abgebrochenes Schrankbein.

Das Buch hatte genau die erforderliche Dicke, um den Schrank im Gleichgewicht zu halten.

In den Einkaufszentren stehen ja sehr oft die Zeugen Jehovas. Die wollen uns auch damit bange machen, dass wir in der Hölle braten müssen, wenn wir nicht an Jehova glauben. Die Zeugen Jehovas drängen uns allerdings ihren Wachtturm nicht auf. Die stehen da immer nur ganz still und halten ihn hoch. Das finde ich geschickter. Damit machen die mich irgendwie neugierig, sodass ich mich schon manchmal frage, was da in dem Wachtturm wohl drinsteht. Neulich war eine Zeugin Jehovahs bei uns an der Tür. Der habe ich dasselbe gesagt, was ich sinngemäß auch einem salafistischen Koranverteiler sagen würde, wenn er mit dem Koran vor der Tür stünde:

An die Prophetin Jehovas

Liebe Frau, Sie haben ja so recht.
Unter uns gesagt: Ich bin ein Schwein.
Und ich glaube wohl, dass Gott das Schwein-Sein rächt.
In den Himmel lässt er kein Schwein rein.

Dass die Welt bald untergeht,
wie Sie sagen, halt ich für'n Gerücht.
Erstens wär es sowieso schon viel zu spät.
Zweitens find ich übrigens: Es lohnt sich nicht.

Sehn Sie mal: Wär ich der liebe Gott
oder Herr Jehova oder so,
tränk ich Aufgesetzten und Rumpott.
Mich als Gott an Leuten ärgern? Aber wo!

Hat man Gott-Sein als Beruf, ist alles klar.
Menschenskind, da fühlt man sich so gut,
dass man aus zwei Päpsten sich ein paar
Eierwärmer machen könnte – und es doch nicht tut.

Trotzdem dank ich Ihnen aber sehr,
dass Sie meine Seele interessiert.
Ja, den lieben Gott anpreisen, das ist schwer.
Weil er selbst anscheinend keinen Finger rührt.

Liebe Frau, als echter Höllensohn
werd ich schreien bald in Qual und Ewigkeit.
Darum: Schluss jetzt. Sie verstehen schon,
ich muss geizig sein mit meiner Zeit.

Im Jahre 2027

Es geschah im Jahre 2027. Der ehemalige Bahnangestellte Rudolf N. wurde in seinem Rollstuhl aus der Kantine des Altersheims nach draußen geschoben – und zwar zum ersten Mal von einer neuen jungen Pflegerin. Rudolf N. schimpfte und quengelte: „Wieso habe ich meinen Pudding nicht bekommen. Ich will meinen Pudding haben, verdammt noch mal!“ – „Tut mir leid, Herr N., heute kriegen Sie keinen Pudding“, sagte die junge Pflegerin.

Rudolf N. hatte schon eine leichte Gesichtslähmung und konnte nicht mehr allein aufstehen. Aber richtig ekelhaft schimpfen konnte er immer noch: „Wissen Sie überhaupt, mit wem Sie es zu tun haben?!“, zeterte er. „Ich war einmal der berühmteste Bahnangestellte in Deutschland. Keiner hat sich so konsequent an die Vorschriften gehalten wie ich. Ich habe sie damals aus dem Zug geschmissen, die dreizehnjährige Göre! Sie hat geheult und gebettelt: ‚Ich bin doch erst dreizehn! Ich hab doch nur mein Portemonnaie vergessen und den Schülerausweis.‘ ‚Ja und?‘, hab ich gesagt. ‚Das wird dir eine Lehre sein! Vorschrift ist Vorschrift!‘ Dann wollte sie mit meinem Diensthandy ihre Eltern anrufen, das unverschämte Balg! Das muss man sich mal vorstellen. Aber ich habe sie rausgeschmissen!

Ganz Deutschland hat sich aufgeregt. Aber ich bin heute noch stolz auf mich. Vorschrift ist Vorschrift! Auf mich ist Verlass! Aber jetzt will ich meinen Pudding, verdammt!"

„Ja, Opa", sagte die junge Pflegerin, „ich kann mich noch gut daran erinnern. Ich musste damals fünfzehn Kilometer durch die Dunkelheit mit meinem schweren Cello nach Hause laufen. Aber Ihren Pudding, Opa, den kriegen Sie heute nicht! Nein, Opa, Sie kriegen heute Ihren Pudding nicht."

Arme Geschöpfe

„Da sind so 'n paar Viecher in eurem Bad, so platte Käfer wie Wanzen – ich brauch 'nen Putzlappen oder so was, um die Biester zu zerquetschen!" – Peter kam vom Bad und war noch dabei, seine Hosenträger wieder grade zu ziehen.

„Ach, nein", rief Sylvia, „das sind keine Wanzen. Da sind höchstens mal hin und wieder ein paar Küchenschaben. Die kommen von draußen. Aber die darf man doch nicht zerquetschen."

Sie eilte mit besorgter Miene ins Bad.

„Wieso? Was denn sonst?", fragte Peter. „Willst du sie vielleicht höflich bitten, sich zu entfernen oder was?"

„Nein, aber ich sammle sie ein und setze sie zurück in die Freiheit." Sylvie hatte schon ein leeres Marmeladenglas in der Hand, eine Tischbürste und so eine Aufnehmerschaufel.

Peter kommt ja recht selten mal zu uns zu Besuch. Er kann ja nicht wissen, dass Sylvie inzwischen als begeisterte Yoga-Schülerin und Anhängerin des großen Selvarajan Yesudian jedem, aber auch wirklich jedem Lebewesen mit großer Ehrfurcht begegnet. „Ahimsa", sagt sie zu Peter und beginnt, die grauen kleinen Schaben, die sich vor der Dusche versammelt haben, mit der Bürste auf die Schaufel zu schieben. „Niemals ein Lebewesen verletzen." Peter sieht ihr interessiert aus seinen gutmütigen blauen Augen zu.

„Ach, nee. Auch Küchenschaben nicht?"

„Natürlich nicht. Wir haben ihnen das Leben nicht geschenkt, also dürfen wir es ihnen auch nicht nehmen."

„Weißt du, dass gerade diese Käfer und andere Insekten die widerstandsfähigsten Lebewesen sind? Wenn die ganze Welt erst mal radioaktiv verseucht ist – die Einzigen, denen das nichts ausmacht, sind deine Küchenschaben und Wanzen und solche Insekten."

Vorsichtig geht Sylvie mit den hässlichen Schaben an Peter vorbei zur Haustür.

Der grinst bloß und geht hinter ihr her. „Hattest du schon mal Wanzen im Bett?", fragt er etwas hinterhältig.

„Nein", sagt Silvie, „wir haben hier keine Wanzen."

„Schade", sagt Peter. „Das sind nämlich so ähnliche Viecher – äh – Lebewesen, wollt ich sagen – wie deine Küchenschaben. Richtig nette Tierchen. Und so anhänglich."

„Ja, und? Alle Geschöpfe haben ihre Bestimmung."

„Am liebsten kommen sie ins Bett", sagt Peter. „Wir hatten als Gefangene damals ganz viele davon. Die waren so anhänglich, die konnte man einfach nicht vertreiben. Besonders nachts, wenn wir uns einsam fühlten, kamen sie zu uns. Bis unter die Wolldecke. Sie krabbelten am Bettpfosten hoch und kuschelten sich bei uns ein. Die hatten uns so lieb, die wollten immer Blutsbrüderschaft mit uns trinken. Aber herzlos wie wir sind, haben wir nur versucht, sie wie die Wahnsinnigen mit unseren Stiefeln totzuschlagen."

„Auch Wanzen sind Lebewesen", sagt Silvie. „Man muss sie nicht gleich umbringen, man kann sie behutsam entfernen."

„Na ja, wir hatten uns gedacht: Wir verbauen ihnen erst mal die Zugangswege ins Bett. Haben je vier Konservendosen mit Dieselkraftstoff angefüllt und in diese vier Dosen dann die vier Füße des Bettes gestellt. Wenn die Wanzen hochkrabbeln wollten, fielen sie erst mal in die Konservendosen. In dem Diesel sind sie dann jämmerlich verreckt."

„Das finde ich zum Beispiel schon wieder gemein", sagt Sylvie. „Das ist eine hinterlistige Falle, in die ihr diese Tiere gelockt habt."

„Hinterlistig? Hast du 'ne Ahnung, wie Diesel duftet. Versuch mal einzuschlafen, wenn alles nach Diesel stinkt!"

„Selber schuld."

„Ja, klar. Es hat ja auch sowieso nicht viel genützt. Die Sehnsucht dieser liebevollen Geschöpfe nach menschlicher Wärme macht sie ja auch so erfindungsreich. Plötzlich kamen sie nämlich von oben. Sie schafften es sogar, hinter der Tapete die Wand hoch zu krabbeln und sich dann mitten in der Nacht, wenn es dunkel war, von der Decke her völlig geräuschlos herabfallen zu lassen. Und schon gings wieder los mit der Blutsbrüderschaft."

„Und dann habt ihr sie wieder wie die Wahnsinnigen totgeschlagen, ja?"

„Ehrlich gesagt, ja. Uns fehlte einfach diese tiefe Ehrfurcht vor dem Leben der Wanzen, verstehst du!"

„Du brauchst dich gar nicht so über mich lustig zu machen. Das ändert alles nichts daran, dass alle Tiere Lebewesen sind. Kein Mensch hat das Recht, einem Tier ohne Not das Leben zu nehmen."

„Hast ja recht, Sylvie", sagt Peter. „Unsereinem fehlt eben die Erleuchtung."

„Schön, dass du es einsiehst."

Als Sylvie dann mal draußen war, hat Peter gesagt: „Wo nehm ich bloß mal ein paar Wanzen her? Die sind gar nicht so einfach zu kriegen. Die armen Tierchen werden ja immer sofort ermordet, wenn sie mal bei uns auftauchen."

Goldmedaille für Altmaier

Der ehemalige Fachbereichsleiter aus dem Bundesamt für Strahlenschutz, Michael Siemann, hat doch tatsächlich behauptet, die Mülltonnen aus dem maroden Atommülllager Asse wieder herauszuholen, „... das ist so, als wenn jemand von mir verlangen würde, hundert Meter unter zehn Sekunden zu laufen!“ Was ist denn das für eine Gemeinheit? Damit verleumdet er frech unseren neuen, tatendurstigen Umweltminister Altmaier. Der nämlich ist fest davon überzeugt, dass er die hundert Meter schon in einigen Jahren unter zehn Sekunden laufen könnte. Dabei wiegt der Minister – wie man ja immer wieder im Fernsehen sehen kann – schätzungsweise hundertzwanzig Kilo. Gerade hat er das Atommülllager Asse besucht und gesagt: „Es wird zwar etwas länger dauern. Aber die Fässer müssen zurückgeholt werden. Ich fühle mich diesem Ziel verpflichtet.“ Fachbereichsleiter Siemann behauptet dagegen: „Die Politiker wissen genau, dass eine Rückholung unrealistisch ist. Nur aus Angst vor der Bevölkerung tun sie so, als ginge es doch.“ Ich finde das unerhört. Da wagt nun endlich mal ein führender Politiker das schier Unmögliche! Altmaier wird uns ganz klar beweisen, dass er die hundert Meter unter zehn Sekunden laufen kann. „Es wird natürlich einige

Jahre dauern", sagt er. Ist ja auch verständlich. Erst mal muss er circa fünfzig Kilogramm abnehmen und eisern trainieren. „Ich werde die Asse jetzt regelmäßig besuchen!" Ja, er wird es schaffen. 2012 wird Altmaier als deutscher Sprinter die Goldmedaille über hundert Meter erringen. Und die Fässer aus der Asse zurückholen.

Na, da wird dieser Usain Bolt aber ganz schön dumm gucken.

Geheimnisverrat

Susanne und Leon, die beiden Kinder unseres Nachbarn (acht und neun Jahre), haben uns gestern erzählt, sie wüssten schon ganz genau, was sie zu Weihnachten bekommen.

„Leon kriegt ein *Mobilcom Nokia 2220 Prepaid Handy inklusive zwanzig Euro Startguthaben"*, sagte Susanne.

„Susanne kriegt einen *Silverlit 84511 – 3-Kanal Ko-Axial Helikopter im Metal Design Infrarot* für neununddreißig Euro", sagte Leon. Und zur Erklärung für mich doofen Erwachsenen: „Mensch, das ist ein Helikopter mit Infrarot-Steuerung. Aber den will Susanne gar nicht haben. Jetzt müssen wir unsere Eltern irgendwie dazu kriegen, dass sie noch was anderes besorgen."

Ich war verblüfft. „Woher wisst ihr denn das so genau?" – „Na Mensch, von Wikileaks", sagte Leon ohne rot zu werden. „Haben wir einfach im Internet gesurft. Die verraten doch jetzt schon mal allen Kindern, was die Eltern für sie gekauft haben!" – „Wie bitte? Ist das wahr? Woher wissen die denn das?" – „Kleinigkeit", sagte Leon, „sie haben sich einfach sämtliche Rechnungsquittungen der Spielzeugläden kopiert und ins Netz gestellt."

Leon ist mit seinen neun Jahren sowieso schon ein Computerfreak. Ich hab ihm die Geschichte fast geglaubt. Meine Frau allerdings hat mir auf den Kopf zu gesagt, sie freue sich jetzt schon auf die wunderbare Ledertasche von Schöneskind. Aber meine Frau kann das unmöglich von Wikileaks wissen. Ich vermute: Sie hat mal wieder in meiner Jackentasche geschnüffelt, weil ich Esel die Quittungen immer nicht rausnehme. Sie arbeitet eben noch nach der alten Methode.

Neustart bitte!

Manchmal denke ich: Ach, wäre ich doch ein Computer. Wenn da mal wieder irgendwas schiefgelaufen ist – sagen wir mal, beziehungsmäßig. Die Datenabgleichung mit dem Partner funktioniert mal wieder nicht. Wenn ich da ein Computer wäre, müsste man einfach nur auf „Neustart" drücken. Und das Ganze finge einfach von vorne an.

Mein Computer meldet mir so oft: „Es ist ein Fehler aufgetreten." Oder noch dramatischer: „Error. Der schwere Ausnahmefehler XC783a ist aufgetreten. Sofort alle Anwendungen schließen. Wählen Sie Neustart. Andernfalls droht Datenverlust." Es hört sich an, als würde gleich der ganze Rechner explodieren. Ich bekomme einen Schreck. Um Himmels willen: Ein Ausnahmefehler ist aufgetreten. Aber macht ja nichts. Einfach noch mal neu beginnen. Und alles ist wieder gut.

Warum kann es nicht immer so gehen? „Karl-Heinz, fang gar nicht erst lange an, es abzustreiten. Error. Das System hat ein Verhältnis zwischen dir und dieser schwarzhaarigen Supermarkt-Käsestand-Bedienung festgestellt. In unserer Ehe ist damit der schwere Ausnahmefehler Seitensprung XC13 aufgetreten. Sofort alle Anwendungen beenden. Auf Neustart gehen. Anderenfalls droht Partnerverlust."

Na ja, dann drückt man eben Neustart. Verliebt sich noch mal von vorn ineinander, der Fehler ist behoben und alles wieder gut.

Sie haben schon jetzt im Neuen Jahr kein Geld mehr? Ihre Frau ist Ihnen weggelaufen, Ihr Hund geht fremd? Kein Problem: Neustart!

Einfach noch mal ganz von vorne anfangen!

Rummmms!

Mein Freund Alexander weigert sich, ein Auto zu kaufen! Stellen Sie sich das mal vor. Er ist Radfahrer, sagt er. Er fährt jetzt schon seit zehn Jahren mit dem Fahrrad oder mit der Bahn. Wegen der Umwelt, sagt er. Klimakatastrophe.

Ich sage: Du Vaterlandsverräter, du! Es geht nicht um die Umwelt oder das blöde Klima, es geht um Deutschland. Um die Weltwirtschaft. Um die Finanzkrise. Wenn du dich weiterhin immer nur auf dem Fahrrad in der Öffentlichkeit blicken lässt, dann pass bloß auf, dass du nicht plötzlich im Graben liegst.

Wie soeben bekannt wird, sind alle Fahrschulprüfer angewiesen, Fahrschüler nicht mehr durchfallen zu lassen. Sonst kaufen die sich erst im nächsten oder übernächsten Jahr ein Auto. Wenn sie die Vorfahrtsregeln noch nicht beherrschen, macht doch nichts. Je mehr Blechschäden, je mehr Totalschäden, desto besser für die Autoindustrie.

Der Verkehrsminister (dem ist doch sowieso alles zuzutrauen) erlässt ein absolutes Halteverbotsgesetz. Autos sollen dauernd in Bewegung sein, sonst bleiben sie zu lange heil.

Und als wirkungsvollstes Mittel, den Autoumsatz endlich wieder anzukurbeln: Ab sofort ist nicht der

Auffahrende schuld, sondern wer sich hinten drauf fahren lässt.

Das gibt ein munteres Verkehrsspiel: Da kommt schon wieder einer von hinten, ich muss sehen, dass ich wegkomm. Rumms!, er ist mir hinten reingefahren. Ich spring raus: „Entschuldigung, ist meine Schuld, ich war nicht schnell genug!" Aber macht ja nichts, jetzt brauchen wir beide ein neues Auto!

Schon wieder ein Bazillus!

Oh, wie schrecklich. Kaum ist die gefährliche EHEC-Bakterie so gut wie besiegt – da fällt schon die nächste Seuche über die Menschen her: der Urlaubsbazillus. Alle sind sie wieder infiziert. Die Frauen haben schon das Kofferpackfieber: „In zwei Wochen geht es los, wir müssen unseren Koffer packen!“

Dann machen sie sich erst mal einen Plan: „Nicht wieder das goldene Abendkleid vergessen! Und ich brauche diesmal einen zweiten Bikini. Voriges Mal konnte ich ihn nicht anziehen, weil schon eine andere damit rumlief. Und sollte ich nicht lieber doch auch meinen Wintermantel mit nach Fuerteventura nehmen?“ Männer packen ihre Koffer immer erst zwei Stunden vor der Abreise. Sie packen nicht, sie gehen an den Schrank und knallen dann ihre Hemden und Socken und Jacken einfach rein in den Container. Deckel zu – draufsetzen, zumachen, fertig!

Aber auch die Männer sind vom Urlaubsbazillus befallen. Mit Frau und Kindern wimmeln sie zu Tausenden an den Flughäfen, auf den Bahnhöfen, auf den Autobahnen, quetschen sich bei mörderischer Hitze in überfüllten Abteils halb zu Tode, ersticken im Stau und liegen nächtelang auf ihren Koffern in der Charterhalle. Dann liegen sie mit der Familie irgendwo am

Strand Seite an Seite, Dicke und Dünne, vor lauter Menschenfleisch ist gar kein Strand zu sehen. „Entschuldigen Sie bitte, das Bein, das Sie grade eincremen, ist mein Bein!“

Ja, das ist Urlaub. Das muss doch ein Bazillus sein, eine schwere Krankheit! So etwas nimmt doch niemand freiwillig auf sich! (Entschuldigung, ich muss jetzt meinen Koffer packen. Es geht gleich los. Ich fahr drei Wochen in Urlaub!)

Schön ist die Welt

Die Störche scheint die Finanzkrise nicht zu interessieren. Die kommen hier einfach so aus Afrika angeflogen und landen ohne Höhenmesser auf den Dächern und Feldern, als wenn alles noch in Ordnung wäre im Lande.

Hat sich die Verzweiflung bis nach Afrika nicht herumgesprochen?

Und sehen Sie mal da: Schneeglöckchen kommen aus dem Boden und blühen vor sich hin – sogar aus ganz ungepflegten Beeten – und grüßen die Welt: „Hallo, da sind wir wieder, wie jedes Jahr. Was gibt es diesmal Neues?"

Ebenso die Krokusse. Ist ja nicht zu fassen! Die formieren sich richtig zu ganzen gelben, lila-roten und weißen Blütenfeldern. „Ach, wie schön", hört man sie flüstern, „wir dürfen wieder blühen in dieser herrlichen Welt. War inzwischen irgendwas?"

Ich leg mich auf den Boden und flüstere ihnen zu: „Ja, hier ist allerhand los! Alle sind ganz schön aufgeregt hier. Haben schon wieder Angst um ihre Arbeitsplätze. Die Europäische Zentralbank lässt ihre Notenpresse schon Tag und Nacht auf vollen Touren laufen. Und der DAX, sag ich euch, eine Katastrophe, praktisch im freien Fall; die amerikanische Wirtschaft liegt am Boden – und Anfang der Woche ist ein Asteroid grade noch so eben und eben an der Erde vorbeigerast!“

„Ach so“, säuseln die Krokusse, als hätten sie gar nicht richtig zugehört, „dann ist ja alles in Ordnung. Schön ist die Welt. Und wir sind wieder da!“

Hans Scheibner

1936 in Hamburg geboren, ist satirischer Schriftsteller, Kabarettist und Liedermacher. Nach ersten Erfolgen als „Lästerlyriker“ wurde er vor allem mit seiner Sendereihe „scheibnerweise“ bekannt. Mit zahlreichen Bühnenauftritten, CDs und Büchern begeistert er deutschlandweit das Publikum. Im Ellert & Richter Verlag erschien sein Klassiker „Wer nimmt Oma? Weihnachtssatiren“ und „Kurz und giftig. Neue Satiren von Hans Scheibner“.

Impressum
Bibliografische Information der Deutschen Bibliothek
Die Deutsche Bibliothek verzeichnet diese Publikation in der Deutschen Nationalbibliografie; detaillierte bibliografische Daten sind im Internet über http://dnb.ddb.de abrufbar.

ISBN 978-3-8319-0495-2

2. Auflage 2013

Text: Hans Scheibner, Hamburg
Illustration: Jörg Saupe, Hamburg
Redaktion: Claudia Schneider, Katharina Unteutsch, Hamburg
Gestaltung: Büro Brückner + Partner, Bremen
Gesamtherstellung: CPI books GmbH, Leck

www.ellert-richter.de